青春阅读　幸得相见

有爱的青春陪伴者

于非鱼 森木岛野
冬三儿 著

你有一份
初恋
请签收

贵州出版集团
贵州人民出版社

子非鱼
Zi Fei Yu

小 花 阅 读 签 约 作 者

每天沉迷故事无法自拔的小透明。
写作上不求日行千里,只求来日方长。
代表作:《请别忘记我》《喂,给你我的小心心》《今天也要喜欢你》

森木岛屿
Sen Mu Dao Yu

小 花 阅 读 签 约 作 者

性子慢热,偶尔精分。喜欢阅读,半吊子文青。
希望永远十八岁,永远写最温暖的故事。
代表作:《你不说话也很甜》《你见过仙女吗?会追你的那种》

冬三儿
Dong San Er

小 花 阅 读 签 约 作 者

生于雪飘漫天的冬季,安于纷繁故事的创作里。
梦想有一天,千里行路,将世界万物悉数典藏,付于笔端。
代表作:《大神别分心》

> 我是许小诗。
> 今天是我上大学的第一天,我华丽丽地来晚了o(T_T)o
> 然后,华丽丽地遇见了和我一样姗姗来迟的舍友齐阮和柴茜,我们三个不同专业的女孩就这样成功入住了1708寝室。
> 对啦,我学心理学。我选心理学的原因,就是为了看透陆执的心。
> 一定要为大家郑重介绍——
> 我的竹马,陆执,现在和我在一个大学,嘻嘻。
> 我上大学的目标是,好好学习,拿下陆执。
> 祝我成功吧!向你们发射一个wink(眨眼)!

● ‹ ○

我是齐阮。

昵称：阮阮、齐大阮、小阮……随你们开心都好。

入住 1708 寝室的第一天，不得不感叹一句，大学真好哇！空气里都是自由的味道！

嘿嘿嘿，说出来有点羞耻，我……是奔着男神考来 C 大的，宋珵喻没见到，但是认识了两个超好的室友：小可爱许小诗，还有永远不怕冷场的大姐大柴茜！

大学四年，多多关照呀！

•‹ 。

　　大家好,我是柴茜。C大计算机系,身高166,体重48公斤,眼大、肤白、大长腿。

　　这么说显得我有点儿不要脸,但脸这种东西,练练总会变厚的。

　　嗯……进大学前刚甩了个渣男,有点丧。关键是还见到了一个天天和竹马秀恩爱的许小诗,和一个对偶像男神矢志不渝的齐阮。我……呵呵。

　　没关系!我要在大学找个更帅的男朋友!

- 我会记得,和我吵吵闹闹的你;
  - 也会记得,给我擦掉汗水的你。

目录 / contents

楔子 _001

许小诗篇 _

青春里爱过的人，都是最好的人。

Chapter01 _005

陆执看到我了，他他他笑了！

Chapter02 _032

流星啊，如果你真能实现愿望，你让陆执原谅我好不好？

Chapter03 _046

要脸干什么，要你就够了。

Chapter04 _056

所幸，他遇见她，如鹿归林，如舟靠岸。

Chapter05 _069

扒一扒医学院里被众人评为"站在冰箱上"的五个男生。

Chapter06 _083

许小诗18岁，陆执19岁。陆执说，许小诗我爱你。

目录 / contents

齐阮篇 _
我在每一刻的呼吸里，惦记你。

Chapter01 _095
我装作不经意，手背扫过你手臂。

Chapter02 _116
你是不是看不出来，我其实在追你？

Chapter03 _147
等比赛结束之后，我们就在一起吧。

Chapter04 _171
他就自私卑鄙这么一次，大不了晚十五年再娶她。

Chapter05 _190
欠你的那句告白，我还给你。

目 录 / contents

柴茜篇_
我想要我们，会有很多以后。

Chapter01 _193
顾长的少年背影，一眼入心。

Chapter02 _214
她不是第一次喜欢一个人，可他却如此特别和不同。

Chapter03 _236
我现在早就不是教官了，我是柴茜的男朋友。

Chapter04 _269
我在等你，等回首，也等归期。

楔 子
XIEZI

"许小姐,你是否愿意接纳陆执先生成为你的丈夫,和他缔结婚约?不管疾病还是健康,或其他理由,都永远爱他、照顾他、尊重他、接纳他,而且永远对他忠贞不渝,直至生命尽头吗?"

"我愿意。"

9月17这个日子有点特别,既是许小诗的生日,又是她跟陆执结婚的日子。

为什么定在今天呢?

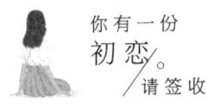

你有一份
初恋。
/请签收

许妈妈曾经说过,许小诗瓜熟蒂落的时候,特别爱哭。洗澡要哭,小便要哭,吃饭也要哭,后来陆阿姨抱着一岁的陆执到医院来,两个团子第一次互相打了个照面,许小诗睁着一双蒙眬的眼,一看到陆执,就不哭了。

日久天长,两个小团子相依偎着健康长大,到今天,终于举行了隆重的仪式,宣布两人将要共伴余生。

幻灯片不停变换,不光许小诗,就连柴茜和齐阮,也跟着掉眼泪。

柴茜和齐阮是从不同的地方赶过来参加婚礼的。两人身穿米粉色长款伴娘服,手里都抱着漂亮的花团,目光里始终都带着对许小诗和陆执的祝福。

时光如流水,一去不复返,当年十八岁的少女们,如今都有了各自新的人生。

敬完酒,许小诗差点瘫痪。

柴茜和齐阮一人搀着她一只手回了房,三人终于有了点空暇。

"结婚好累啊。"许小诗捏着小腿忍不住慨叹。

八厘米的高跟鞋,重得令人发指的裙摆,发间又杂又多的珠子,无一不在挑战着她的耐性。

"知足吧,多好的事啊,你看看我和阮阮……"柴茜说到一半,闭嘴了。

　　齐阮柔和地笑了笑，拍着她的肩膀："这样，也未必不是件好事。"

　　似乎想到了什么很久远的事情，三人齐齐沉默了。

　　当年发生了太多事，一件件如同陈年的旧棉絮，沾了水，又湿又潮，藏进了她们心底最深处。

　　可是她们都知道，心里那颗退缩的种子，正等待着阳光雨露，然后破土而出。

许小诗篇

XUXIAOSHIPIAN

青春里爱过的人,
都是最好的人。

Chapter 01

陆执看到我了,他他他笑了!

1.

2004年,许小诗5岁,陆执6岁。

中班的老师教育我们说:"我们一定要照顾和保护花甲老人。"我觉得她说得很有道理。

放学后,陆执从隔壁大班过来接我,伸手拿过了我的小书包。我们走在布满游乐设施的操场上,我问他:"陆执,花甲老人是不是卖花甲的老人?"

我舔舔嘴唇,看着他,他应该懂我意思。

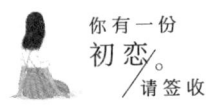

陆执白了我一眼。

当晚,我在陆执家里吃到了花甲米线。

2010 年,许小诗 11 岁,陆执 12 岁。

今天班上有节音乐课,教的是现在特别火的电视剧《一起来看流星雨》里面的一首歌,我被老师安排去讲台抄歌词。

我写字很慢,课间只有十分钟,写到快上课也只抄完一半,然后陆执从我们班外经过,就那么走了进来,手里还拿着红黑色的乒乓球拍。

陆执拿了我手里的粉笔,把他的球拍丢给我,手柄上还有他手心的温度。

他开始在黑板上写字,速度很快,粉笔灰簌簌地往下落,落了我一脸。

黑板上左右两边留下了截然不同的字迹。

真奇怪,他明明只比我大一岁,个子却比我高出一大截。

陆执放下粉笔,看着我,突然吐出两个字:"矮子。"

我:"……"

2013 年,许小诗 14 岁,陆执 15 岁。

陆执参加军训的第一天,想他。

第二天……不行了，我憋不住了，真的。

他第一次离开家那么久，也是第一次离开我那么久。

我翘课奔到他们学校外，翻过了挡在我和他之前的那堵墙，鬼鬼祟祟混迹在校园内的人群里。

巨大的操场被绿网围住，我只好扒着网，在一群穿着军绿色服装的高一新生里，找陆执。

陆执又高又瘦，双腿笔直，皮肤怎么晒也不黑，站在最旁边那个班级的最后一排。

他像个发光体，我一眼就看到了他，可是除了我，还有很多女生也在看他，好生气。

陆执抬手擦汗了。

陆执转身了。

陆执看过来了。

陆执看到我了，他他他笑了！

2017 年，许小诗 18 岁，陆执 19 岁。

……

许小诗撑着自己半边脸，笔尖在摊开的记录本上点了一串省略号。

大一生活才刚开始，她还找不到一件让她印象深刻到足以记录在上

你有一份
初恋。
请签收

面的事情。

食堂。

打饭的窗口前排了一条长龙,人群熙攘。

空气里飘浮着食物香气,五香、八角的味道有点呛人。

许小诗摸出手机,按照惯例,朋友圈先吃饭。

等拍完了照片,许小诗拨了拨盘子里的猪肉炖粉条,立刻将一张脸拉得比苦瓜还长。她找到陆执的微信名,把图片发了过去。

xxs:猪肉炖粉条里没有猪肉[可怜]。

五分钟过去。

十分钟过去。

十五分钟过去。

对面一直没有回复。

许小诗吃一口饭看一眼手机,味同嚼蜡。

现在是午休时间,陆执没有道理看不到她的消息。

坐在她对面的齐阮看她这样,忍不住提醒:"饭凉了。"

许小诗赶紧又扒了两口饭,然后撂下筷子,一点胃口也没有:"我吃完了。"

齐阮看看她的盘子,饭菜都没怎么动,眉头皱着担忧地问:"没事吧你,剩这么多。"

许小诗的心思全飞去陆执那儿了,忍不住问:"阮阮,你说一个跟你很要好的男人在休息时间不回你的消息,是发生了什么?"

齐阮了然:"陆执冷落你了?"

1708宿舍的人都知道许小诗有个对她很好的青梅竹马,她这次考入C大也完全是因为那个青梅竹马。

说起来有点"中二",许小诗经常在宿舍里抱着她哀号,说什么:"我毅然决然选了心理系,却还是看不透他的心!"

回忆起来有点不忍直视,齐阮正准备安慰她一下,就听见她手机振动起来,说:"他找你了?"

许小诗也是一喜,结果看到来电显示,整个人又以肉眼可见的速度萎靡下来,连带着声音也低了几个度,听起来有点无精打采:"喂,茜茜。"

柴茜的声音很激动,隔着屏幕也能感觉到她在张牙舞爪:"小诗,我看到陆执了!你快来啊,他跟一个女人在一起……啊啊啊!要不是怕'姨妈'崩,老娘抡起拳头就过去了!"

挂断电话,许小诗收到柴茜发来的现场照片。

照片上,陆执跟一个穿着黑裙子的女人站在一起,两人隔得很近,像是在说什么话。陆执低着眉,嘴角上挑出一个弧度,侧脸显得十分柔

和。反观照片上的女人,雪肤花貌、唇红齿白、细腰长腿,浑身散发着成熟魅力,跟陆执站在一起有种莫名的般配感。

这个女人叫孟蔚然,医学院临床系上一届毕业生。许小诗并不眼生,因为前几天她还在C大校园贴吧里见过她。

那个帖子的主题是"扒一扒医学院里被众人评为'站在冰箱上'的五个男生",而陆执刚好就是其中之一。

陆执这个人,生了一张天神的脸,却偏偏话不多,表情淡得出奇,追他的女生能从医学院排到隔壁师范学校,但也没见他和谁暧昧过。但是,最近陆执这朵"高岭之花"身边却出现了一只花蝴蝶,于是帖子里全都在猜测两人的关系,绝大多数都在说两人是男女朋友。

许小诗第一感觉:陆执出轨了!自己被绿了!

"男女朋友",这四个字深深地刺痛了许小诗的双眼,她当即就出离愤怒了,具体行为表现在立刻删除了贴吧这个软件上。

许小诗气死了,原来贴吧上写的都是真的。她使劲拍了下桌子,站起来:"阮阮,走,抓奸去!"

齐阮连忙抓起包跟上去,一边走一边劝她:"小诗啊,你别冲动,说不定他们只是朋友呢?"

许小诗若生气犟起来,八头牛也拉不回,这是从娘胎里就带出来的毛病,怎么也改不了。

"他们脸都快贴到一起了,这是正经朋友?"

齐阮没看出两人贴在一起,但是这个时候她肯定是站在许小诗这一边的:"你等等我!"

许小诗跟齐阮一路风风火火,赶到了校外附近的咖啡厅。

柴茜早就在门外盯着了,看到两人,招了招手:"这边!"

许小诗顺着柴茜指的方向看过去,视线触及到咖啡厅里坐着的两人时,顿时一股怒气自下而上升起,烧得她整个胸腔都烫了起来。耳听为虚眼见为实,这下好了,逮到证据了。

许小诗撸起袖子就要进去。

就在这时,陆执背对着她,似乎将一个什么东西给了对方,对方笑着接过。

两人之间,气氛是恰到好处的暧昧。

然而就是陆执这样一个简单的动作,却仿佛一盆凉水当头浇下,将许小诗一腔怒火淋了个透。

她们这样一副要兴师问罪的样子,万一……

她不敢再想下去。

见她突然没了反应,齐阮不免有些担心:"小诗,你怎么了?"

许小诗又抬眼看了看对坐的两个人,心里一阵一阵地泛着疼,她嗓

音压低带着点难过,完全没了一开始的气焰:"要不,我们回去吧?"

"什么?"柴茜怒其不争地拿手指戳她的额头,"想什么呢你?"

齐阮也有些看不懂了。

许小诗这个时候理智已经回笼,虽然很不愿意这么想,但她还是慢慢道:"我们这边嚷嚷着抓奸,一直没有考虑过陆执的感受,要是陆执真的喜欢她呢?"

柴茜在她旁边,想伸手探她额头:"你没毛病吧?"

许小诗挡开她的手,继续说:"没病。就因为我跟陆执从小一起长大,所以我理所当然地接受了他对我的好,可他似乎真的从来没有说过喜欢我。反倒是我,总打着他是我男朋友的幌子不知道挡了他多少桃花,可万一他真的只是把我当成妹妹来看呢?"

陆执大她一岁,又有青梅竹马这层关系在,一直以来她的大小事务都由他处理,从小学时候他不耐烦却仍然为自己准备的一日三餐,到高中闯祸后他代表家长来参加的家长会……

现在想来,陆执对她,更像是一个邻家哥哥在照顾妹妹一样。

许小诗越想,越觉得事实就是如此,她一颗心就越凉。

站了一会儿,许小诗实在觉得自己这样很没意思,况且她也不想看里面那两个人再有什么接触,于是说:"算了,我们走吧。"

许小诗都这么说了,柴茜和齐阮也不能再说什么,只好听她的。

三人正准备离开，忽然一道声音飘过来，嗓音里仿佛带着不正经的笑意："许小诗？"

这道声音轻佻带笑，熟悉得让许小诗心底某个地方仿佛被人拉扯了一下，脚步立即就顿住了。

然后，一股无以言状的委屈爬满心头。

陆执就站在咖啡厅门口，宽肩窄腰，长腿挺拔，眉峰上挑。

这个季节的阳光不浓不淡，透过榕树巨大的树冠落下来，在他身上洒下金色的斑点。

陆执一张脸泡在温和的光线里，原本冷峻的脸庞都显出了几丝柔软。

许小诗没走成还被逮住了，只能咬咬牙站在原地，也不说话。

陆执几步走过来，笑着问："来喝咖啡？"

当然不是，她还没这么闲。

许小诗想起刚才看到的，脖子一梗，偏过头去："关你什么事，管那么宽干什么？"

陆执不明所以，嘴角那抹笑拉得更大，他伸手习惯性地敲敲她的头："哟，谁欺负你了？火气这么大？说出来我帮你出气。"

许小诗打掉他的手，一口气生生咽下去憋在心里："说了不关你的

你有一份
初恋。
请签收

事,你该干吗干吗去,别挡我道。"

许小诗平时生气最多也就哼两声,下一秒就能忘得干干净净,脸色像今天这么臭还是头一回。陆执越发觉得奇怪:"怎么回事,吃炸药了?"

说完,他看了眼许小诗旁边的两人。柴茜和齐阮不约而同地转过头去,装不知道。

许小诗一分钟都不想多待,绕过他,跟其他两个明显在打酱油的舍友说:"走了!"

陆执反手拽住许小诗的小臂,把人拽回了身前:"你们先走,我跟她有话说。"

他目光有点冷,还有点瘆人,这事又是"家事",而且他们之间确实应该谈谈,不能只靠自己的想象就给人定罪。于是,齐阮和柴茜看了许小诗一眼,留了个自求多福的眼神,忙不迭走了。

许小诗看着舍友渐行渐远的背影,痛心疾首:"叛徒!"

陆执视线转回她身上,习惯性地挑起一边嘴角,心情颇佳地说:"这么中气十足,看来也没有生很大的气。"

许小诗瞬间愤怒了:"陆执!"

陆执把手往口袋一插,背对着她说:"跟我走,带你去吃日本料理。"

许小诗哼一声:"谁要跟你吃料理!"

她成心跟陆执唱反调,一看陆执往左走,她转头就往咖啡厅走。

陆执也不着急:"某人前几天还在跟我嘟囔说要减肥,今天又来喝咖啡,不怕再胖十斤?"

许小诗出奇愤怒:"什么再胖十斤?"

陆执不紧不慢道:"你不记得了?你前几天体检,比去年胖了……"

许小诗捂住双耳,表情激愤:"陆执,你去死!"

陆执满意地看着许小诗又变回那只一碰就炸毛的猫咪,眯起眼睛笑了笑。

他语调上扬:"我死了你可怎么办?"

2.

"陆执这个渣男渣男渣男!

"要谈恋爱倒是别对我那么好啊……

"我要这陆执有何用?

"我要单方面跟你绝交一星期!"

许小诗躺在床上,翻来覆去念叨,心里又酸又胀。

她可不屑于去干插足这种龌龊事,要是陆执真不喜欢她,那是不是也该考虑考虑跟他保持距离了?

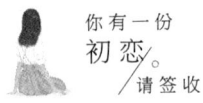

你有一份
初恋。
请签收

齐阮刚从外边拿了外卖回来,听她这么说,眉头微皱思考了下:"小诗,我想来想去还是觉得他们不是你所想的那种关系。"

柴茜从浴室探出个头:"阮阮,你疯了吗?"

许小诗从床上摸了个玩偶,朝浴室玻璃门丢了过去:"你洗你的澡吧!"

于是浴室门又被关上了,水声淅淅沥沥地响起。

许小诗已经下了床,准备吃饭:"阮阮你接着说。"

齐阮给她们摆好了碗筷,道:"你说陆执要真跟孟蔚然是那种关系,干吗喝完了咖啡不送人离开呢?让女朋友一个人走,这不合常理吧?"

许小诗那颗已经半死不活的心又开始跳了:"怎么办,我竟然觉得你说得有道理!"

齐阮弯了弯眼睛,安慰她:"所以呀,你别这么消极,想知道是不是,直接问问陆执不就行了嘛。"

许小诗连连摆手,头摇得像个拨浪鼓:"不行……我问他不就被他知道我喜欢他了?再说了,我昨天还跟他生气来着,今天就巴巴地凑上去,他还不得笑话死我?"

随意往嘴里塞了块肉,许小诗忽然灵机一动,双眼发亮,嘴边也染上了一丝怪笑:"不过我想到了一个好办法,嘿嘿嘿——"

许小诗想到的好办法,就是尾随。

如果陆执真跟孟蔚然有点什么,休息时间肯定会再见面。

医学院和心理系隔着一段不长不短的距离,陆执每天又忙得很,许小诗以前也经常去等他一起吃饭,对那一片算得上熟悉,很快就躲了起来。

陆执出来得晚,在楼下站了一会儿,摸出手机。

许小诗躲在柱子后面,愤愤地想:好啊,要跟哪个"小婊砸"发消息了!

她刚想完,手机振了振,陆执问她:不跟我一起吃饭了?

许小诗心里顿时一甜,刚想摇头晃脑地走出去,又立马想起自己的目的,觉得不能尿得太快,于是硬气道:我最近忙得很,你自己吃吧。

陆执不回她了。

就这样,一天过去,陆执很规矩。

第二天,依旧很规矩。

第三天,陆执忍不住了,给许小诗打电话。

许小诗刚好蹲着躲在旁边的木芙蓉树后边,一双眼睛紧紧盯着陆执,结果兜里一动,一阵歌声飘出来:"苍茫的天涯是我的爱……"

许小诗心里一凉。

陆执已经循着声音绕到了花丛后,仍然是那把仿佛浸润了糖水般的

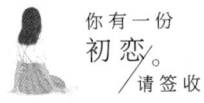

嗓子带着意味不明的笑意喊她:"许小诗?"

四目相对,许小诗突然想找个洞钻进去死了算了。

陆执低头看她,她身上沾了金黄的花粉,头发也乱了,看起来很狼狈。

这下好了,又被当场逮住了。

陆执眼尾微扬,长睫扫过下眼睑,居高临下地看着她:"你在这里……"

他停顿了一下,许小诗直觉他嘴里说不出什么好话来。

"当卧底吗?"

果然。许小诗抽了抽嘴角,想:当个屁的卧底,别是悬疑剧看多了吧?

她故作淡定地直起身,目光飘忽不定,最后落在枝头的一朵粉色花上,干笑两下:"好巧,呵呵,这花真漂亮。"

陆执根本不信,他低眉,看到许小诗头上沾了片叶子,抬起了手。

许小诗以为他是要打自己,下意识地闭上眼,从喉咙里滚出一个"唔"字。

半晌,预想中的疼痛也没有到来,许小诗睁开眼,看到陆执手里拿着片叶子,正好笑地看着她:"说吧,不理我又偷偷跟着我,有什么目的?"

两道目光一接触,许小诗脸色一下子涨红,视线又开始飘忽,但还记得要嘴硬:"谁跟着你了!路就这么大,走多了还不能遇上吗?"

　　陆执听她说够了,气定神闲地抱着手臂:"从你们院跑到这里,你跟我说偶遇?"

　　许小诗脸色微变了变,脚步慢慢往后退,然后猛地转身想跑。结果,她刚做了个起势,手腕就被抓住,一个用力,被陆执拽了回去,惯性扑进了他的怀里。

　　她听到陆执的声音,又低又沉,没了笑:"许小诗,能耐了,敢躲我了?"

　　许小诗整个被圈住,动也动不了。这个姿势实在暧昧,她又开始胡思乱想,脑袋里一团乱麻:他这是什么意思?这到底算什么?

　　陆执盯着她的发旋,拿下巴蹭了两下,轻叹口气:"生气也要有个理由,是我上次没有回复你?还是我说你胖了十斤?"

　　哪里是因为这个,她还没这么小心眼。

　　许小诗僵着脖子,低声道:"你放开我,不然我要喊了。"

　　陆执伏在她肩膀上短促地笑了两下:"你喊什么?"

　　许小诗感觉耳朵一阵发热,估计是红了,更重要的是,她的脸似乎也有要发烧的迹象。为了不让陆执发现,许小诗嘴一张,脱口就是一句:"救命啊,非礼啊!"

陆执愣了愣,显然没想到她真的会喊,伸手捂住许小诗的嘴:"闭嘴,别喊了!"

许小诗刚才那一嗓子,惊动了不少准备去吃饭的学生,这时都好奇地看了过来。

就在这时,楼道刚好走出两个男生,其中一个吹了声"流氓哨"。这两人显然跟陆执认识,另一个笑了笑,调侃道:"执哥,干吗呢?"

许小诗借此机会,挣开陆执就跑。

陆执忙着追人,头也没回,大声道:"家里小姑娘生气了,我去哄哄她。"

许小诗脚步更快了。

陆执反身冲那些人微微一笑,做了个手势:"先走了!"

然后,他赶上仿佛急着去投胎的许小诗,问:"准备好了吗?"

许小诗蒙了:"什么准……"

她还没问完,陆执已经微蹲下身,圈住许小诗一双腿,然后轻而易举地把人扛到了肩膀上。

许小诗双脚离地,甚至觉得大脑充血:"啊啊啊——陆执,你放我下来!"

"你刚才说什么?非礼?我就让你知道什么叫非礼。"

"我没有!我没说!"

倒吊着的小姑娘憋红了一张脸,暗暗骂自己不争气。

因为他一句话,心里就又甜又酸,像煮沸了的番茄牛腩汤,咕噜噜冒着泡。

甜的是他对自己好,酸的是他把自己当成了小姑娘。

这几天的许小诗实在反常,陆执扛着人:"告诉我,怎么了?"

许小诗趴在书桌上,把脑袋埋进胳膊肘里,直到感觉缺氧,才慢吞吞冒出头。

她一想到自己被陆执一路扛着从医学院回到宿舍,路上那么多人围观,就觉得脸红耳热。

完了,丢脸丢大了!

可转念一想,她当时把脸埋在陆执后背,应该没人看得清,反倒是陆执那张随处都招桃花的脸,现在估计全校都认识了。

她刚这么想,柴茜已经举着手机念出声来了:"震惊!医学院院草陆执扛着一神秘女子走遍半个校园,这个渣男……"

过了会儿,她擦擦眼:"哎哎,小诗,我怎么觉得这个女生背影像是你啊?"

齐阮也在看贴吧,闻言回答:"自信一点,去掉那个'像'字。"

许小诗又把脑袋埋了回去,默默地又把贴吧下载了回来。

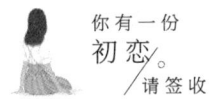

她眼前一片漆黑,脸颊刚消退的红晕又悄悄爬了上来:"空调调低点,你们不觉得热吗?"

没人理她。

柴茜把帖子看完了,才说:"我今天听到了点消息,孟蔚然上次回来是来见自己当初的导师的,那个导师跟陆执好像关系不错,所以他们俩见面应该是那个导师安排的。"

许小诗蹙眉:"现在的导师还兼职做媒吗?"

柴茜摊手:"谁知道呢,总之孟蔚然现在已经毕业了,没什么事应该不会再回来。"

许小诗顿时松了口气:"那就好。"

3.

今天一天都没课,许小诗正忙着做焦虑自评量表。

1708是混合宿舍,同寝三人专业都不同,齐阮和柴茜都在上课还没回来。许小诗表格做到一半饿了,刚想让齐阮给她带份饭,边上放着的手机就振动了,似乎有人掐着点给她发消息。

许小诗摸出手机,打开,一下子清醒了,是陆执。

内容简单明了,两个字:下楼。

一般给女生发这两个字的前提是，男生已经到了楼下。许小诗的心一阵怦怦乱跳，飞速关了 WPS，开门就往外跑。

　　十秒后，许小诗又原路返回，换下了身上那条海绵宝宝的睡裙。

　　等跑到楼下，许小诗又觉得自己不应该表现得这么兴奋，好像特别迫不及待想要见到他似的。想着，她调匀气息，放慢了脚步从大厅走到门口。

　　铁门外一片空荡。

　　这个点儿，大家都在食堂，宿舍楼附近安静得连头顶微弱的蝉鸣都能听见。许小诗一双眼滴溜溜转着，四处都扫了一遍，一颗心沉到谷底。她嘟嘴嚷嚷：" 什么啊，白激动了。"

　　宿管大妈从门卫室窗户里探出个头："你是许小诗？"

　　许小诗有气无力地应了声，走了过去。

　　宿管大妈把保温盒推给她："刚才有个叫陆执的同学给你带了吃的，让你吃完了去体育馆找他呢。"

　　许小诗皱眉："体育馆？"

　　她打开盖子，一股扑鼻的肉香袭来。

　　饭盒里一片酱油红色，粉条晶莹、葱花翠绿，重点是盖在上面的五花肉扎实漂亮，满满一盒的猪肉炖粉条，猪肉量多又块大。

　　许小诗有片刻的愣怔，肩膀就被人轻拍了一下。齐阮抱着书，不知

道什么时候站在了她身后,说:"我听说今天体育馆有 C 大和隔壁男校的友谊球赛。"

陆执?

打篮球?

许小诗脑子里一下子闪过高中时陆执教她打球,跳跃投篮露出腹肌的样子,顿时一股热血往头顶冲去,脸一下子红了个彻底。

"小诗?小诗?"

胳膊被人推了推,许小诗猛地从幻想中抽离,竖起手掌挡在齐阮面前:"我没事!"

话是这么说,许小诗扒饭的动作明显快了一倍。

C 大的体育馆门前是一条两侧林立着香樟树的宽阔大道,这个时候人群三两走过,大多是些女生,打扮得都很亮眼,正兴奋地说着什么。

齐阮压低声音,悄悄凑近许小诗的耳朵:"我看帖子上写了 C 大好几个帅哥都要上场,这些女生估计就是为了看帅哥来的。"

许小诗立即为这些人感到不齿:"脸有这么重要吗?"

齐阮深以为然地点点头:"脸真的很重要啊。"

馆内原本每天都空荡荡的座位都坐了人,圆形的场馆里黑压压一片,灯光明亮,人声鼎沸,广播一遍遍响起。

许小诗汤喝多了，这个时候突然膀胱一紧。她靠近齐阮，拿双手当喇叭："阮阮，你在这儿等我一会儿，趁着比赛还没开始，我去上个厕所！"

许小诗对这一片不熟，绕着场馆走了半圈才看见标志，她顺着指示走进去。这一片地方很宽敞，还有交谈的声音，她找到声源处，边走边嘟囔："这厕所也太干净了点？"

声音越来越近，许小诗又走了几步，看见一扇虚掩着的门，甫一推门，就跟一群光着上身的男生打了个照面。

房间内霎时噤声，数十道目光齐齐看过来。

许小诗也被这场面惊呆了，脸开始变红，脚步后挪："我……我……"

陆执最先反应过来，抓起球衣往身上一套，快步走过去挡在许小诗面前，伸手将她不安分的脑袋摁在胸口，离开了房间。

一分钟后，陆执眸光沉沉，盯着眼前明显心虚的人，问："好看吗？"

许小诗点点头，看他一眼，反应过来似的又猛地摇头："不好看。"

她脸还红红的，像树上刚熟的苹果，话说得没有一点说服力。

陆执心里有点闷，似笑非笑地说："我以为你跟我这么久，眼光会高一点，看来我高估你了。"

许小诗鼓起了腮帮:"陆执,你别以为我听不出来你在嘲笑我!"

看她又炸毛,陆执心情才好了点,薅了一把她的头发:"猪肉炖粉条好吃吗?"

许小诗疑惑地看着他:"你是怎么让食堂阿姨给你加那么多肉的?"按照食堂阿姨手抖的程度,到碗里能有三块肉就算谢天谢地了。

陆执勾了勾嘴角:"想知道?"

许小诗挺起胸膛:"我大发慈悲听一下吧!"

陆执喉咙里滚出一声笑,然后他伸出食指,指了指自己的脸。

很明显,看脸。

许小诗冷笑:"呵呵!等你老了,看谁买你的账!"

陆执把她圈在臂弯里,带着她往外走:"我给你在前排留了座位……"

他话还没说完,一道急切的声音追了过来:"陆执!陆执!"

许默喘着粗气:"子枫突然胃疼,上不了场了!"

许小诗看着男生,觉得有点眼熟。

陆执蹙眉,沉声道:"不是让他少吃垃圾食品吗?"

"谁知道这么巧,"许默挠挠头,看向许小诗,突然双手一拍,要跟她握手,"哟,陆执家的小姑娘是吧?幸会,幸会!"

许小诗总算知道为什么觉得许默眼熟了,他就是上回吹口哨那个人。

陆执睨了他一眼:"把你的脏手收回去。"然后又带着许小诗走回更衣室,"我以前教你的还记得吗?"

许小诗惊呆了:"你让我顶替他?"

陆执凉凉地看了她一眼:"友谊赛没准备替补,怎么,怕了?"

许小诗立即跳起来:"谁怕了,你别瞧不起人!"

陆执笑了笑:"很好。"

更衣室里,张子枫捂着胃部蹲在旁边,额头上冷汗直冒,可怜地说:"执哥,我错了,我对不起你。"

陆执冷着脸踹了他一脚:"关键时候出幺蛾子,把衣服脱下来。"

许小诗刚要把衣服接过去,就看到陆执将衣服一脱,露出的白皙胸膛,腹肌坚实。他把自己的衣服罩在许小诗的紧身背心上,自己穿了张子枫的那件:"走了。"

许小诗后知后觉地发现,她"又双叒叕"脸红了。

4.

场上全都是一米八几的汉子,许小诗一米六八的个头在里面实在很打眼,一上场,就抓住了全部人的眼球。她穿着宽大的红色短袖,绑着高

你有一份
初 恋。
请签收

马尾,脸盘小巧精致,皮肤白皙细腻,小胳膊小腿,一时间蓝队男校成员都震惊了。

这是什么战术?

陆执简单地解释了一遍,顺便指了指坐在第一排非要跟过来观战的张子枫。

齐阮就坐在张子枫旁边,手里拿了个花球挥来挥去:"小诗加油!"

原本友谊赛也不是什么正经比赛,玩乐成分居多,所以男校的人都凑在一起商量着待会儿动作小心点,别伤到了女孩子。

原本断定了C大会输的观众在比赛开始五分钟后,全都打消了这个念头,就连男校的男生也都震惊得双目睁圆,半晌说不出话来。

许小诗运着球,快速在人群里穿梭,像一团勃发的火焰似的,然后猛一起跳,篮球在半空划过一道漂亮的抛物线灌入篮筐,然后稳稳落地。

场上鸦雀无声。

直到齐阮突然叫了一声:"小诗最棒!"

顿时,观众席上排山倒海般的掌声涌过来。

许小诗冲陆执挑挑眉,大拇指擦了下自己的鼻头,眼睛里闪着光,像是在说:怎么样,没有丢你脸吧?

男校的人甚至来不及放水。

陆执看着许小诗走过来,笑了下,伸手摸摸她的头:"作为奖励,一会儿请你吃烤肉,南巷口那家的。"

许小诗亮晶晶的眼睛盯着他。

友谊赛后还有一场游戏赛,没有规则,哪队先进十个球就算赢。

许小诗已经没什么力气了,跟一群男生打球本来就比较吃亏。

球传到她手里,面前又围着男校的人,她皱了皱眉。她刚打算传给陆执,篮球忽然被一只大手接了过去。陆执把她拦腰抱起,就这样单手将球丢进了篮筐。

男校同学都惊呆了:还有这种操作?

这时,场外传来一波强过一波的声浪。

陆执把人放下来,满意地盯着她那张跟煮透的虾米没什么区别的大红脸,压低了嗓门:"消气了吗,嗯?"

他虽然不知道许小诗之前为什么生气,但是现在,不能再生气了。

许小诗扭过头,哼了一声,看在他没去找孟蔚然的分上,姑且原谅他吧!

换好衣服,陆执跟几个队友打了声招呼,打算带许小诗去南巷口。南巷口那家烤肉是许小诗最喜欢的,以前他们也经常会去,算得上是两人的秘密基地。

许小诗像条小尾巴一样跟在他身后:"我要吃 399 块的那个套餐!"

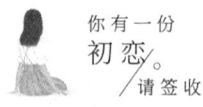

陆执双手插在裤袋里,踩着脚下的阳光,笑了下:"随你。"

两人之间那个熟悉的氛围一点点回来了,许小诗心里有点甜,像是被注入了一股蜜糖。

许小诗正在跟齐阮聊天,打算让她别点自己那份外卖,消息刚发出去,陆执就接了个电话:"现在?"

"好,我去找你。"

许小诗心里一沉,笑意敛了起来。

陆执挂断电话,面对许小诗:"我突然有点事要处理,下次再带你去?或者钱给你,你带你朋友一起去?"

许小诗一股气堵在胸口,不说话。

陆执又摸了摸她的脑袋:"乖。"

许小诗站在原地,跺了跺脚:"什么啊……到底有什么事情比吃饭还重要?"

说完,她眼前不知怎么,浮现出了一个红唇女人的脸。

许小诗远远跟在陆执身后,走到校门附近,果然看见一道俏丽的身影。

陆执冲那人走了过去,两人说了几句,就一起离开了学校。

许小诗根本不知道怎么形容自己现在的心情。大概就像是,她被陆执打了一巴掌,然后陆执给了她一颗枣,枣子还没吃完,她又被打了一巴掌。最后,枣子的甜她没尝到,只感觉到疼了。

这时,心理系的微信群里有人发了条消息。

许小诗看了一眼,咬咬牙,填了自己的信息。

她要出绝招了。

> 流星啊,如果你真能实现愿望,
> 你让陆执原谅我好不好?

1.

许小诗面对着全身镜,转了一圈又一圈,然后问两个舍友:"怎么样?"

这条裙子是之前柴茜送她的成年礼物,风格偏性感。

低胸,后背是镂空的蕾丝设计,长到膝盖处,把许小诗一身白皮衬得十分可人。

柴茜是穿衣打扮这方面的行家,她从鞋柜里拎出一双绑带高跟鞋给许小诗:"快把你那双辣眼睛的豆豆鞋给我换下来。"

许小诗踩上高跟鞋,感觉自己气场有"两米八"。

柴茜很满意:"妥了!要是男校的那帮爷们不心动,我柴茜的名字倒过来写。"

齐阮很合时宜地拍拍手,满脸赞同:"不过,小诗,这样真的好吗?"

柴茜一手揽着许小诗,一手揽着齐阮,语重心长地说:"陆执都能劈腿,我们小诗怎么就不能出墙了?"

齐阮被洗脑成功:"你说得也有道理。"

与此同时,医学院某个宿舍。

张子枫从游戏里退出来,看了眼手机,来劲了:"哎哎哎,我朋友办了个联谊活动,问我们去不去呢?"

许默立即响应道:"哪个系和哪个系联?"

张子枫晃了晃手机:"心理系和隔壁男校,你们又不是不知道,咱们学校心理系的妹子最多了……哎?执哥?"

张子枫看了眼自己空空的手心,手机已经被陆执拿走了。

男校那边的组织人做了个登记信息的系统,要去的可以留名。陆执点进去,名字很多,他一拉到底,最后将视线定格在底部的"许小诗"三个字上,目光立即阴沉了下来。

他突然变脸,张子枫丈二和尚摸不着头脑:"执哥?"

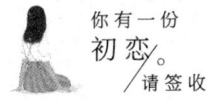

你有一份
初恋。
/请签收

许默也凑过去看了一眼,大概明白了,于是一巴掌拍在张子枫脸上:"傻子,别喊了,陆执心情差着呢!"

不管窗外风云多变幻,联谊活动仍然在这周六准时开始。

许小诗到达饭店时,下意识地朝附近看了一圈,饭店内人不多:"不是说临床系的今天要来这边聚餐吗?茜茜,你的消息不会不准确吧?"

参加联谊活动的人都到得差不多了,四十来个,七八张桌子拼成一桌,这会儿喝了点酒,都兴奋得聊起天来。

"怎么可能。"柴茜刚说完,余光就瞄到店门口拥入的一大帮人,兴奋道,"来人了,来人了!"

许小诗正坐在大桌旁边一个空着的两人位桌旁,一双眼睛X光似的扫描过这些进来的人,看了个遍,也没看到陆执。

正出神间,自己对面坐下一个穿着白色短袖的男生。

男生有些腼腆,脸颊还是绯色的,看样子是第一次参加这种活动,身后好几个人在给他打气。

"你好,我叫宋燃,我……"他"我"了半天,没有下文,越着急越不知道该怎么说,急得一双圆圆的鹿眼又湿又润,看起来十分可爱。

许小诗把手边一罐别人给她的椰奶递过去:"我叫许小诗,你慢慢说,不着急。"

宋燃慢慢平静下来,拿着椰奶拉开拉环又推给了许小诗,像是有些不好意思:"你喝。"

柴茜喝了点酒,笑眯眯地把手搭在齐阮肩上,冲宋燃喊:"喂,小可爱,我们小诗喜欢喝优益C,你给她一罐椰奶是什么意思?"

宋燃腾地站起来,两颊坨红:"对不起!我去给你拿!"

许小诗算是见到比自己还容易脸红的人了,她摸出手机,想窥伺一下陆执的朋友圈,对面的椅子又被拉开。

"这么快就……"她放下手机抬起头,后面"回来了"三个字硬生生卡在嗓子眼,她艰难地吞了口口水,不可置信道,"陆执?"

陆执脸上布满了阴霾,一双眼深不见底。他嘴角拉出个弧度,明明在笑,却感觉不到分毫喜悦。

他说:"许小诗,是我太惯着你了?"

什么啊,就像柴茜说的那样,只准他劈腿,不准我出墙?

许小诗也怒了:"你什么意思?你可没权利管我的私生活的!"

陆执冷笑了下:"我没权利?你爸妈可是把你交给我管的,你忘了?"

许小诗积压了好几天的情绪终于找到了发泄口,她像个点燃了的爆竹,大声道:"对!我忘了!我们说白了就是个邻居关系,所以你也别

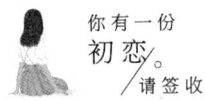

管我了,我们各过各的吧!"

"邻居关系?"陆执冷静地复述了一遍,感觉心口上像是被人开了一枪。他心里波浪翻涌,一颗心仿佛被踩踏得稀烂,面上却带笑,笑意森森不达眼底,看起来理智又残忍。

陆执眼底蒙上一层看不懂的情绪,许小诗心底发怵,努力强撑着不让自己低头认输:"你去追你的幸福吧,以后都不用管我了!"她想,我也不会缠着你了。

"不管你?好啊。"陆执冷哼一声。

他微垂着眼睑,面无表情地起身往门口走,头也没回。

柴茜和齐阮看呆了,像两根立在那里的木桩一样,动也不动。

齐阮盯着陆执离开的背影,首先反应过来:"小诗,咱们的目的不是让他吃醋吗,怎么就弄成这样了?"

许小诗没说话,齐阮这才发现许小诗咬着下唇,眼睛里已经蒙上了一层水雾。

2.

许小诗和陆执冷战了。

重阳过后，C城持续36℃的高温终于降到了27℃，早晚温差大，怕冷的学生已经穿上了薄外套。

前几天关于猎户座流星雨要降临的新闻刷得沸沸扬扬，报名去云霄山看流星雨的学生不少。柴茜和齐阮拉着明显兴致缺缺的许小诗买了帐篷和一些用品，跟着大部队一起去了云霄山。

云霄山是C城很有名的一处景点，山不太高却秀美异常，山顶烟笼流云，游客络绎不绝。

两三条缆车隧道直达峰顶和山腰，许小诗等人坐在缆车里看风景，飞鸟掠过，还能听见它们翅膀扑棱的声音。

齐阮看了看天空，又看了看身边一直没说话的许小诗，给柴茜使了个眼色："听说今天因为有流星雨，景点全天开放呢。"

柴茜立即附和，拍了下手掌："是啊，我连愿望都想好了……"

眼见自己抛出的梗许小诗没有接，柴茜不甚尴尬地问："小诗，你怎么不问问我想许什么愿？"

许小诗目空一切，来回把玩着手机。

她已经半个月没收到陆执的消息了，但是要她主动给陆执发消息，她又拉不下这个脸。

上回把话说得那么死，估计陆执也不想看到她了。想来也是，他们从小一起长大，她那么说也太伤人心了。

半晌,许小诗叹了口气:"哎,你们说,对着流星雨许愿真的会灵吗?"

柴茜立即说:"当然啊!你想想,电视里人家看了一颗流星,许的愿都能实现,咱们看的可是高速流星群,这颗不灵换一颗,总有一颗满足你!"

许小诗捧着脸拍了拍,心里总算腾起了一点希望。

缆车在山腰处停下,许小诗等人打算从山腰步行至峰顶,顺便看看沿途风景。

天色慢慢地黑了下去,越来越多的星星冒出了头,一闪一闪的,十分漂亮。

许小诗平时不爱运动,这下爬山爬得精疲力竭,她一屁股坐在旁边的大石块上喘气:"不行了,休息会儿!"

柴茜一点形象也不要了,坐在地上擦汗:"上来前吃的东西都消化完了,又饿又渴。"

齐阮很贴心地从包里摸出几包饼干:"垫垫肚子吧。"

许小诗刚俯下身抻长了手臂要去接,余光瞥见齐阮身后的草丛里好像有什么东西在动。她定睛一看,一条体背棕褐色、背部正中还有一条黄色纵纹的蛇已经露出了一半的身子,不停吐着信子。

许小诗头皮发麻,整个人都顿了一下,后背冷汗直冒,她终于失声大喊:"阮阮,有蛇!"

齐阮什么也没看见,跳起来跟着大喊:"什么啊啊啊……别吓我!"

柴茜看到了那条爬行的乌梢蛇,头皮都要炸了,指着那边大惊失色:"蛇!蛇!"

现场一片混乱,齐阮和柴茜抱在一起,许小诗被她们的喊叫声吓得从石头上跳了下来,落地腿发软,脚一歪就摔了下去。

那条乌梢蛇已经没影了,齐阮跟柴茜心有余悸。

许小诗刚想站起来,一股剧烈的疼痛从脚踝处传来,疼得她又倒了回去:"嘶……"

"小诗?"齐阮手脚发软地走过去。

"脚崴了。"许小诗没什么力气地说。

柴茜拉开她的运动裤裤脚,看到红肿起来的脚踝,一时不知道该怎么办。

她们上山只带了简易帐篷和薄毯,再多也只有半瓶花露水和几包零食,谁也没想到会发生这种事。附近没有人,其他人都去了山顶,求救基本无门。

齐阮突然福至心灵:"要不给陆执打个电话吧?"

许小诗靠着石头:"他会来才怪。"

别人不知道她还能不知道？陆执这个人，可记仇了。再说了，他们之前才闹了不愉快，现在又巴巴地去找他，这不是自打脸吗。

"不行，你这脚不能拖……"柴茜搜遍许小诗全身，"你手机呢？"

齐阮从她背后把她刚藏起来的手机摸了出来："这里。"

许小诗只能认命："那你们别用我的打，多尴尬啊……"

柴茜白她一眼，把自己的手机递过去："用我的。"

电话拨过去，响了二十来秒，被对方挂断。

许小诗无语望天。

齐阮又换了自己的手机，仍然是通了，但没人接。

齐阮跟柴茜对视了一眼，拿许小诗的打了过去，嘟声再一次响起。

许小诗百无聊赖："没用的，他不会……"

这时，电话接通了。

3.

陆执从学校赶过来时已经是晚上十一点，他在半山腰找到了气喘吁吁正互相搀扶着下山的三个难姐难妹。三人在暖色路灯的照射下，全都灰头土脸的，豆大的汗珠往下掉。

许小诗被架在中间，明明浑身发热，脸却是惨白的。

陆执的目光在许小诗脸上转了一圈,被许小诗刻意避开,最后他视线停在许小诗肿得像馒头一样的脚踝处。

他脸色阴沉得能滴出水来,把人揽进自己怀里,动作轻柔语气却刻薄:"许小诗你可真有能耐。"

柴茜和齐阮十分识趣:"那什么,既然陆执来了,那我们就先上山了……小诗再见!"

等走出一段,齐阮回头看了一眼,真诚地说:"我觉得陆执很在意小诗。"

柴茜敲她脑袋:"废话,他俩一起长大,怎么可能不在意?"

"我不是说这种在意,就是那种……"齐阮也不知道怎么形容这种感觉。她就是觉得如果许小诗和陆执以后不在一起,那就没有什么相处能被叫爱情了。

陆执半跪在许小诗面前,把红花油涂满了手心,又将手心盖在她的脚踝上,不轻不重地揉开。

谁也没说话,深夜的山间蝉鸣声声,流水潺潺。

许小诗握着陆执给她的小手电照着脚踝,白色光线下她的脚踝看起来更加恐怖,又红又紫的。

原本一直四处乱瞄的视线最终还是转回了陆执脸上,他薄唇紧抿,

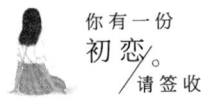

一言不发，平时总是轻佻笑着没个正经样子，现在严肃得她甚至不敢开口说话，连想调节气氛都做不到，心里不免有些懊恼。她想许小诗啊许小诗，做人怎么能这么尽呢？

胡思乱想间，陆执已经把东西收拾好站了起来，转身背对着她。

许小诗不知怎么心里突然涌上慌乱，怕他会把她仍在这黑漆漆的山里就这么走了，连忙抓住了他的右手，嗓音染上哭腔，又软又可怜："陆执……"

吵架的时候她没哭，崴脚的时候她没哭，可现在陆执真的不愿意理她了，她突然鼻子一酸，眼泪啪嗒啪嗒往下掉。

陆执却根本没回头，在她面前半蹲下，语调仍然冷漠，咬牙一字一顿道："上来。"

许小诗擦擦眼泪，趴到他背上。

陆执背着她起身的时候明显晃荡了一下，手臂也脱力似的下滑，差点把她给抖下去。

许小诗立即环紧了他的肩膀，紧张地问："是不是我真的胖了很多？"

陆执没说话，他眼前发黑，感觉脚下像是有个巨大漩涡，而自己正站在漩涡中心，不断被拉扯，什么都看不清，只能感受到一波强过一波的眩晕感。

许小诗动也不敢动,一手攀着他,一手抓着手电筒,把一束白光照在他脚下。

陆执咬咬牙,将背上的人往上一托,一步一步,尽量让自己走得稳当一点。

走了一段,许小诗开始心疼陆执了。

晚上下山本来就困难,何况陆执还背着她。

许小诗拍拍他的肩:"陆执,你放我下来吧?我自己能走。"

陆执从牙缝里挤出两个字:"闭嘴!"

没一会儿,许小诗就感觉到陆执后背湿透了。她稍微侧过脸,看到陆执额头上的汗细细密密,心疼得厉害,于是小心地从运动衣口袋里摸出纸巾,伸手给他擦汗:"陆执,休息一下吧?"

陆执不答,闭了闭眼,胸闷感不降反增,双腿如灌铅般沉重。

他不敢往别的地方看,只能死死盯着地面,不停告诉自己:这是实心的。

好不容易到了山脚,平坦的草地飘来花草幽香,陆执狂乱的心跳才逐渐放慢速度。

夜空忽然一亮,接着越来越多的光线划过。

许小诗仰着头,闪烁着星星的夜空里无数流星像银色的丝带一样划过,一瞬即逝,流星也终于在这刹那间迸发出了积蓄一生的绚丽。

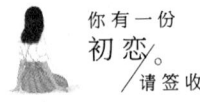

许小诗双手合在一起，闭着眼睛虔诚地许愿：流星啊，如果你真能实现愿望，你让陆执原谅我好不好？

陆执找了条长椅，把许小诗放下，自己扶着椅背狠狠喘了几口气，缓解那股虚弱的不适感。

许小诗从包里摸出瓶优益C："陆执……"

她喊了个名字就愣了。陆执脸色惨白，嘴唇也发白。

许小诗急了，抓住陆执的手："陆执，你别吓我啊，你怎么了？"

好一会儿，陆执才吐出一口浊气，又恢复了那张没什么表情的脸，目光也淡得像深秋潭水。

他脸色仍然惨白不好看，一语不发地打车，然后带着许小诗去了附近医院。

等医生处理完她的脚伤，他又一语不发地带她回了学校。

许小诗也不是没想过缓解气氛，可是陆执要么让她闭嘴，要么干脆保持沉默，她一个人的独角戏根本唱不下去。

因为今晚流星雨的缘故，女寝并没有关门禁，宿管大妈看了眼"柔弱"的许小诗，又看了眼陆执，摆摆手："给你十分钟，十分钟就下来。"

陆执把人送到宿舍安置好，开了空调，又将药按照顺序摆好，整个过程都沉默无言。

他正想走，许小诗闷闷的声音传来："对不起。"

他足下一顿，许小诗声如蚊蚋："我错了。"

她盯着门口那道影子："你别不管我……"

立了半晌，陆执像是妥协似的叹了口气，淡淡地"嗯"了一声。

Chapter 03

要脸干什么,要你就够了。

1.

许小诗学乖了,脚伤一好,三天两头地往医学院跑。

气温降了之后时不时会下雨,许小诗盯着屋檐上落下来的雨线,开始倒数。

三、二、一,楼梯间传来嘈杂的声响。

医学院下课普遍没有那么准时,陆执又学的是临床,最近跟着导师在做课题研究,经常要比其他人更晚一点才能出来。

许默远远看到许小诗站在柱子边,大声道:"小诗妹妹,又来等陆执一起吃饭呢?"

张子枫夸张地做了个表情:"最近执哥心情好得不得了,作为室友,我们感受可是十分深刻。你不知道,之前有段时间执哥那脸啊,每天就跟拉长了的驴子似的,贼吓人,我跟许默避之不及,偶尔还会变成他的出气筒,啧啧啧,真是惨不忍睹。"

许默笑着捶了他一下:"行了啊,少说点,别被陆执听见。"

身后突然飘来一道凉凉的声音:"我已经听见了。"

许默跟张子枫同时把笑容僵在脸上,然后装作什么也没发生一样,互相看了一眼,哈哈笑着说:"今天天气真好呀!"

然后快速闪人了。

陆执走过来,细腰长腿掩藏在烟色风衣里。

许小诗现在十分狗腿,亲昵地蹭过去,双眼发亮地盯着陆执那张脸,把手里的雨伞递过去:"哎呀,我今天只带了一把伞。"她想陆执这么好,自己还是得努力争取一下,毕竟现在只是她怀疑孟蔚然是陆执女朋友,陆执自己可还没说呢。

陆执觉得有几分好笑,迈开长腿,从她身边走过去,无视了她伸着的手。

许小诗愣住了。

走了几步,陆执微微偏头:"还不跟上?"

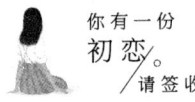

你有一份
初恋。
请签收

　　许小诗立即又开心了,像是被顺好了毛的猫一样轻快地跟去,她想她如果真的是只猫,那现在尾巴一定翘得高高的。

　　陆执站在檐下,等了一会儿,迟迟没见许小诗的下一步行动,出声提醒道:"撑伞。"

　　他双手在风衣兜里放着没有拿出来的意思,许小诗终于明白过来,又炸毛了:"你让我给你撑伞?"

　　陆执眉一挑:"有什么问题?"

　　许小诗比了比两人的身高,陆执一米八七,高出自己一大截,她愤愤地说:"你那么高,我怎么撑?伸手踮脚吗?"

　　陆执眼里全是流光潋滟:"不可以吗?"

　　许小诗被他这美色诱惑得心神一荡,然后猛地摇摇头回过神,鼓起腮帮:"不可以!陆执我跟你说,你不要以为我对你好你就飘了,你这是剥削压榨!"

　　谁知,陆执干脆伸出一掌,把她抵在身后的柱子上,让她禁锢在怀里,动也不能动。

　　许小诗心底一颤,话都说不利索了:"你……你要干吗?"

　　陆执俯身伏在她耳边,呼吸灼热。

　　以为他要说点什么甜言蜜语,许小诗面色泛红,心里期待不已,袖子里的手指不自觉蜷了蜷。

只听陆执低声道:"怎么办?我就喜欢剥削压榨你。"

"……"

许小诗满腔柔情,碎了一地。

陆执还是那个陆执。

2.

"哎,听说了没,医学院闹鬼了!"

"对对对,说是有个白衣服的女鬼,披头散发,爪子猩红,一到晚自习就断了临床系的电跑出来吓人!"

"真的假的啊,医学院真有鬼啊?"

"当然是真的,你又不是不知道,医学院那个底下,有太平间!"

"天啊,真的好吓人啊!"

"可不是嘛,我表姐就学的临床,每天给兔子老鼠什么的做解剖,她亲眼看见的!"

"……"

许小诗坐在齐阮旁边,抖了抖手臂上的鸡皮疙瘩。

她无意识地拿勺子搅动碗里的汤,开始思考:医学院,临床系,那

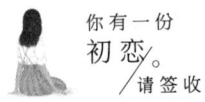

不就是陆执他们系吗?

"小诗,"齐阮放大了声音,"小诗!"

"啊?"许小诗蒙蒙的,"怎么了?"

柴茜不怀好意地笑她:"这么出神,想谁呢?"

齐阮很上道地接话:"还用说嘛,当然是陆执啊。"

许小诗突然有点不好意思,她看了眼隔壁桌几个仍然相谈甚欢的女生,微微低头,压低了声音问:"你们有没有听说过医学院闹鬼的事?"

柴茜满脸无所谓:"医学院闹鬼这不是挺正常的事吗?"

齐阮胆子不大,就怕这种莫须有的东西,闻言皱着脸:"别说了,我老感觉有鬼在盯着我,后背凉飕飕的……"

柴茜大手一挥,豪迈道:"这大中午的,怕什么。再说,不是还有我吗?"

回到宿舍,许小诗越想越觉得这是个又可以去见陆执的好机会。她作为一个学心理的,去慰问慰问那些被女鬼吓怕了的医学院学子,没毛病。

这么一想,许小诗来劲了,翘了晚自习就往医学院跑。

临床系把教学楼和实训楼修建在一起,方便学生实验和上课,也方便了许小诗不用一栋楼一栋楼地找陆执。自习课还没响铃,楼道里安静得似乎能听见落地针的声响,一股淡淡的消毒水味萦绕在鼻尖。

许小诗去过陆执班上的自习室几回,对这里门儿清。她走在三楼走廊上,正思考着怎么摸进自习室,忽然头顶的白炽灯"啪"地熄灭了,安全通道指示牌泛起了幽幽的绿光,把这冗长的走廊照得异常阴森。

许小诗心头猛地一跳,一下子攥紧了五指,颤颤巍巍道:"不会吧?女鬼断电?"

许小诗忍着恐惧,越走越觉得不对劲。按理来说,自习室里那么多人,突然断电怎么可能一声不吱?她心底发毛,伸出一根食指,推开离自己最近的一扇教室门,幽暗的光线照进门内,教室空荡荡的,没有一个人。

"人……呢?"许小诗吓傻了,连脊梁骨都冒出了寒意。

这地方有点邪门,许小诗觉得再待下去,她估计要得心脏病。谁知,她刚转了个身,就看到一米外有个白影正静静站着,浑身笼罩着绿幽幽的光,面对着她的方向。

白衣服、披头散发、爪子猩红……

"啊啊啊——"许小诗生生被这景象刺激得手软脚软,一屁股坐在地上,逼出了两行眼泪,"你别过来!走开走开!"可不管她怎么往后缩,"女鬼"都已经逼近,然后在她眼前停住,蹲下。

长发垂到地面,被一双白皙宽大、骨节分明、却染着红指甲的手拨开,露出藏在头发里的一张脸。

陆执说："傻子吗？"

陆执把衣服和头套取下来，又把指甲片取掉，将许小诗拉了起来。

先前太害怕没发现，现在许小诗才想起来，这个鬼的身形明显比女生大出一轮。她眼泪还在掉，一边哭一边骂："陆执，你是不是有病啊？"

陆执把她的眼泪擦掉，带着她往外走："是，我有病。你怎么过来了？现在不是在上自习？"

他话音刚落，下课铃响起，室内灯光全被打开。

楼下大厅里突然传来男生中气十足的喊声："肖雨，跟我谈恋爱吧！"

紧接着是一群人在起哄："答应他！答应他！"

许小诗下来的时候，刚好看到人群中抱在一起的两个人。

这起"闹鬼"事件其实只是临床系学生在做的系内活动，而这场表白则是活动的最高潮。

至于许小诗为什么会过来，她是不会告诉陆执说：是因为自己怕他被女鬼吓到了，所以想来给他做心理辅导的。

但这并不妨碍许小诗羡慕那个叫肖雨的女生，至少经过这一吓，她收获了一场表白仪式。想到自己跟陆执之间那算不上男女朋友又似乎超出青梅竹马的关系……

许小诗觉得心很塞。

3.

许小诗慢吞吞地跟在陆执身后,路灯拉长了两道影子。

陆执双手负在身后:"许小诗,你属乌龟的吗,怎么走得这么慢?"

许小诗搓搓手,跟了上去。

回宿舍的这段路她天天走,但还是第一回晚上从医学院走回来。

路上一对一对的小情侣在压马路,又是手牵手又是咬耳朵的,嫉妒得让许小诗差点咬破了小手帕。

她也想跟陆执手牵手。

又沉默着走了一段,身边再一次经过一对如胶似漆的情侣,许小诗侧过脸看了一眼,幽幽地叹了口气,继续埋头走路。忽然,一道大力抓住她的肩膀,推着她把她压在了路灯杆子上。

许小诗吸了口气,说话都不利索了:"陆执,你……你干什么?"

陆执双眸紧紧盯着她,像要将她溺毙在那片深邃的海里,他咬牙低声说:"是不是非得要亲你,才能表现出我有多在乎你?"

许小诗蒙了,睁大双眼:"你……唔……"

她还没说完,陆执已经低头,准确无比地噙住了那红润微张的唇,将她没说完的所有话,全部吞进了自己嘴里。她的味道甜美芬芳,有点

你有一份
初恋。
请签收

像夏日里清润的香草冰激凌。过去的那些年,他没有一天不是在克制自己,现在好了,他的小姑娘终于长大了。

许小诗被亲得发愣,怎么也想不清为什么突然发展到了这个地步。

陆执吻得越来越深。

许小诗心跳加速,无法呼吸,浑身发热,脸和耳朵一下子变得殷红。最后她实在是憋得不行,陆执才松开她,让她喘口气。

许小诗靠着灯杆,不停地拍着自己胸口,脑海里只有一个念头。

陆执亲她了!

陆执亲她了!

陆执亲她了!

欣喜之余,许小诗抬起头,一双泛着水光的眼睛看着陆执。他站在灯下,昏黄的光线落在头顶、脸上,整个人温柔得不像话。

许小诗看愣了,有些讷讷地说:"陆执,你到底把我当什么?"

陆执原本的一腔喜悦被这句问话击得七零八落。他们从出生就在一起,长到这么大抱也抱过亲也亲过了,她竟然还在问这种傻问题。难道他除了对她好,还对其他人这么好过吗?

陆执气得转身就想走。

许小诗这下终于反应过来了,连忙往前一扑,抱住他的腰,脸颊在他后背蹭了蹭:"我知道错了,不要走!"

陆执冷嗤一声:"脸呢?"

许小诗没脸没皮地继续蹭:"不要了,要脸干什么,要你就够了。"

她这话十分踩点地取悦了陆执,陆执嘴角牵出一抹弧度。

Chapter 04

所幸，他遇见她，
如鹿归林，如舟靠岸。

1.

许小诗家就在 C 市城区，虽然离得近，但是她也不经常回家。

昨天下午，自家爸妈好不容易给她打一回电话，他们跟陆叔叔、陆阿姨一起的半年环球行终于宣布结束，现在正在家自己给自己筹备洗尘宴。别的都准备完毕，就差她跟陆执两个小的了。

许小诗翻了翻衣柜，最近降温很厉害，她又怕冷，已经卫衣和大衣叠着穿了。

柴茜看她在对着一堆化妆品涂涂抹抹，饶有兴趣地打趣她："小诗，今天心情很不错嘛。"

许小诗忙着给自己画眉，画了几遍也不满意，又卸掉，嘟囔道："你懂什么？我这叫活出自己想要的样子。"

齐阮从制作 PPT 的泥潭中挣扎着冒出个头："真不是为了陆执？"

"真……"许小诗哑巴了一下，扭过脸冲她们甜甜一笑，"是，嘿嘿！"

柴茜啧啧两声，感叹道："女人啊，都是善变的动物。"

许小诗不理，化完妆把包包往身上一拎，打开门百米冲刺般跑了："我走了！别想我！"她和陆执约好了九点在校门口见的，不能迟到。

许小诗化妆耗了不少时间，只能在速度上下功夫，赶到校门口时，整个人已经软下去了。阴沉沉的天气还刮着风，她愣是跑出一身汗。

陆执原本倚在大门边的墙壁上刷手机，看到她忍不住眯起眼睛讽她一下："急什么，后面有狗在追你？"

"呵呵！"许小诗用力咬着这两个字，她打嘴炮从来不虚，"后面有陆执在追我！"

"陆执是狗，那你是什么？"陆执收好手机，好整以暇地看着她，"你可是陆执一手带大的。"

"你你你！"许小诗指着他，气息不顺，因为跑步过来一张小脸本来

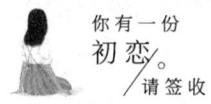

就红,现在气得更红了,"我跑这么快是为了谁?"

"好了,不逗你了。"陆执伸手,把许小诗伸出来的手指攥进手心,放进了自己黑色大衣的口袋里暖着,"走吧。"

许小诗哼唧一声,跟着走了,脸上的温度却还是没有降下来。

C大站一如既往的人多,等候公交车的几分钟里,微信家族群里的红点点飞快地刷成了"99+"。

这个群是许、陆两家一起的。

许爸爸跟陆伯伯是至交好友,当年两人各自交了女朋友后,第一次约出来见面,两位女生也奇迹般聊到了一起,成了无话不谈的密友。后来,两家人一同在市中心的江枫雅苑买了房,就住对门。

许小诗出生时,陆执已经能满地走了。陆执比她大一岁,但是许小诗从来都只叫他全名,因为许小诗三岁开始上学时,就觉得陆执不会只是她哥哥。

许小诗点开群聊,眼尖地发现了夹在其中的关于"陆执生日"的字眼。

是的,这次洗尘宴,两家顺便要给陆执过个生日。

想到生日,许小诗贼贼地笑了一下。

她偏头看了眼陆执,陆执今天穿了身看起来就显得很冷淡的衣服,白色高领毛衣前摆扎进暗色牛仔裤里,长到膝盖的大衣,一双腿又长又直……她这个角度只能看到陆执清晰的下颌线,越看她就越欢喜,陆执怎么这么好看啊?

"我知道我的美貌无与伦比,"陆执微微低头,眼底星光点点,"但是你也没必要露出这种像是饿狼要扑食的表情吧,我又不会跑。"

许小诗立马像是被踩了尾巴的猫,飞快地跳脚:"就算你美貌无与伦比,我看了十八年了,也腻了!"

这时,公交车刚好停稳打开了车门,许小诗快速上车,找了个座位坐好。

陆执上来时,座位全被坐满了,他就在许小诗旁边扶着杆子站好,眼角眉梢还挂着笑。

往前走了几站,车内人越来越多,走道拥挤不堪,许小诗把座位让给了一位老婆婆,缩到陆执怀里当个小鹌鹑。

陆执身形高大,像是给她撑起了一片天,让她不受外人影响,只感觉到他的体温。

许小诗微微仰头,看到陆执抓着扶杆的手,白皙修长、骨节分明,手背经脉凸显。许小诗暗戳戳地把自己的手放到他手下,也抓住了扶杆。

陆执看她一眼,手往上挪了挪,许小诗跟着挪到他手边继续挨着他。陆执低头,怀里的脑袋贴在他胸前,一双眼紧紧盯着他的手。陆执无声地

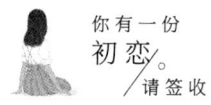

笑了笑，又把手往高处挪了挪，就是不让她如意。这下好了，许小诗身高不够，伸长了手也挨不到他了。

许小诗气急了，扬起小脸质问他："你怎么不按套路来？"

陆执眼里含笑，嘴上一点不饶人："你想我怎么做？"

许小诗急道："你没看微博小视频吗，就是……"她突然有点说不出口了，周围那么多人，于是含糊其词，"就是这样那样啊！"

陆执终于忍不住，笑出声来，把挪到高处的手放下来，握住了许小诗抓扶杆的手。

体温融合，他笑："这下满意了吗，小姑娘？"

2.

江枫雅苑 D2 栋 3 楼。

许小诗跟陆执各自转身，进了自家的门。

听到响动，许妈妈洗着菜头也没回："回来啦！"

许小诗对厨房里有两道身影在忙活显得见怪不怪，从善如流地打了个招呼："妈，陆阿姨。"

两家人一般在陆家吃饭，做饭却是在许家厨房。

许爸爸跟陆叔叔正在书房忙着下棋，许小诗权衡了一下利弊，于是钻进厨房,打算帮忙包一下饺子。谁知进去还没有一分钟,她拿着个胀破了肚的饺子被赶出来了。

许小诗不信邪,再次摸进厨房,这次被赶得比较体面,手里拿的是烙黑了的煎饼。

陆执看得发笑,看来以后厨房不能让她进。

许小诗在两个家里晃来晃去,下棋用不上她,做饭也用不上她,她开始觉得无聊了,去缠沙发上的陆执:"你干吗呢?"

陆执刚赢了一把游戏,屏幕上出现金黄色胜利的字母,连背景音效都十分欢快,他歪了下头,笑着说:"我带你?"

许小诗来了兴趣,坐在他旁边,打开游戏。

不知道是不是每个男生都对玩游戏有种与生俱来的天赋,陆执在这局匹配里威风凛凛大杀四方,相比起来,许小诗相当于大神的一个腿部挂件,还是倒赔钱的那种。

盯着自己"0-8"的战绩,许小诗不满意了:"再来!"

游戏进入前,许小诗发现同队里有一对小情侣,开着全队频道语音,对话十分有爱。两人的游戏人物分别是周瑜和小乔,角色紧挨在一起,甚至穿上了英雄专属的结婚皮肤。许小诗看看自己和陆执光秃秃的角色,吐出一口长气,不开心。

许小诗情绪不高,不声不响地打完这一把退出后,却没再看见陆执

发过来的组队邀请。她正想着是不是自己游戏实在太坑了,陆执不想带她了,结果手机上突然跳出一个提示:您的好友 [lzxxs] 赠送了您一个英雄皮肤,是否接受?

许小诗不明所以,看了陆执一眼,点击接受,才发现这是英雄露娜的一款"紫霞仙子"的皮肤。

她刚给露娜换上皮肤,陆执的组队邀请就发过来了,直到进入游戏,许小诗才发现过来,她的露娜和陆执的猴子,皮肤刚好是至尊宝和紫霞仙子。

许小诗哼唧唧,满意了,心里甜滋滋地嘟囔:"这还差不多。"

半个小时后,陆家的客厅里热闹起来。

陆执把一盘虾推到许小诗面前,在众人的齐齐注目下,面色不改、有条不紊地剥虾。

陆叔叔一拍手:"嘿,这小子,长大了知道疼人了!"

许小诗心里又开始咕噜噜冒糖水,眼巴巴盯着陆执那双手。

塑料手套戴在他手上,染上了鲜红的汤汁和油水,他熟稔地将壳肉分离。

陆执总喜欢逗许小诗,看她已经把自己的碗往他的方向推了推,于是手里的虾肉在她眼前一晃而过,丢进了自己嘴里。

许小诗:"……"

陆叔叔筷子一撂:"嘿,这小子,越长大越没边了!"

陆执掩唇闷笑不止,等笑完了,把虾肉放进许小诗碗里,为自己辩解道:"我没欺负她。"

陆叔叔"呵"了一声:"你要是欺负小诗,这个家也别回了。"

许爸爸开始打圆场:"阿执啊,别怕,这个家回不了就住伯伯家,住多久都行。"

一桌人都笑了。

许小诗噘嘴,不开心地说:"爸,你怎么这样呢。他欺负我你还帮着说话,有你这么对待女儿的吗?"

陆执往她微张的嘴里塞进一口虾肉,承诺道:"不会欺负她。"

他宠她还来不及。

陆执不爱吃甜食。生日蛋糕切开,许小诗端给他,他也只象征性吃了两口就放下了勺子。

外面的雨刚好停了,树叶上的雨水滴滴答答落在地面。

一股凉意从窗口飘进来,为室内火热的氛围增添了一抹舒适。

许妈妈从门口接了个快递,就冲里面喊:"小诗,你买的东西!"

许小诗顿时眼睛一亮,她给陆执准备的礼物来了。

夜幕一降,许小诗兴奋地拽着陆执往对门的自己家里走,边走边说:"陆执,我保证我送你的这个礼物会让你终生难忘!"

陆执挑唇,有点不相信地说:"是吗?"

许小诗最不想听到他质疑的语气,立刻拍拍胸脯:"当然了!我许某人什么时候骗过你!"

许小诗以前送的礼物无非是什么毛绒熊之类的,后来大了一点,开始给他送衣服、送手表,他突然对这份能被她用"终生难忘"四个字来形容的礼物期待起来了。

"你坐下,等我一会儿。"许小诗把他摁在座位上,快速进了自己房间。

一分钟后,许小诗的脚步声由远及近。

陆执还没来得及出声,就感觉眼前一黑,他的眼睛被什么东西给蒙住了,隔绝了客厅的灯光,鼻尖还有这东西上沾着的清淡香气。

许小诗拍拍他的脸:"嘿嘿,委屈你一下啦。这是我那身汉服配套的发带,不是什么其他的。"

3.

电梯上的数字停在"18"。

当初许爸爸把房子买在江枫雅苑,最大的原因就是楼层不高,上下班用电梯时不会那么拥挤。

许小诗扶着看不见的陆执,慢慢走出电梯,凉风拂面而来。

天台上是个花园,有物业人员专门打理,一年四季都有花开。几盏白炽灯挂在耸立着的竹竿上,光线照亮了这一方小小天地。天台四周都有护栏,栏杆上攀爬着不知名的植物,十一月的季节还没有枯败,反而绿意盎然,给这四面的冷银色的围栏凭添了几分生气。

许小诗打开快递包装,从里面取出一包五颜六色的孔明灯,先一盏一盏地放上蜡块,然后一个一个地点燃放飞。没过多久,夜空中便飞满了二十来个橘红色的孔明红,头顶一片看起来十分漂亮。

"好了没有啊许小诗?"陆执等得不耐烦,抱臂问道。

"好了,好了。"许小诗快速解开蒙他眼睛的发带,得意扬扬地把他推着转了个身说,"你看天上,漂亮吧?"

陆执眼睛得到释放,看了看四周,意识到自己所站的地方在哪里后,原本笑着的脸瞬间变得惨白,整个人仿佛被抽空了力气,退了几步靠在墙壁上。

许小诗背对着他蹲下身,又拿起一个孔明灯准备点燃:"我可是想了很久才想到给你送这个的,怎么样,感不感动?"

意识到身后没有动静,许小诗疑惑地扭头,就发现陆执靠在一旁,

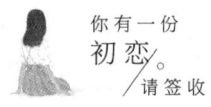

呼吸急促、站都站不稳的样子,像是突然生了什么病似的,吓坏了她。

"陆执?"许小诗六神无主地扶住他坐在地上,"你怎么了?还好吗?"

陆执紧紧抓着她的手,把她拉过来一把抱住。他眼前一片眩晕,胸口闷得喘不过气来,好像什么也看不见了,冷汗涔涔,声音干哑得厉害:"恐……恐高。"

"恐高?"许小诗出奇震惊。

这下好了,真是终身难忘的礼物了。

陆执难受得厉害,许小诗看了眼天空越飘越远的孔明灯,又看了眼十分不舒服的陆执,咬了咬牙,把材料收拾好,扶起陆执说:"对不起啊,我不知道你什么时候开始恐高了,我这就带你下去。"

陆执无力地点头。

等到电梯终于停稳当,陆执也差不多恢复好了,只是脸色还有点苍白,他闭眼按了按太阳穴,轻吐出一口气。

几分钟后,许小诗看他脸色逐渐红润起来,悬着的心总算放下。她手里还拿着没来得及放的瘪瘪的孔明灯,抱怨道:"真看不出来啊,陆执,你一个大男人,居然恐高?"

陆执捏捏眉心,不知道想起了什么,低声道:"傻子。"

电梯"叮"的一声打开了门,许小诗低垂着脑袋就要往外走。

陆执实在不忍心看到许小诗一脸失落的样子,于是伸手拉住想要出电梯的许小诗,问:"不放孔明灯了?"

许小诗看他一眼,幽怨道:"你不是恐高吗?"

陆执把人重新拉进电梯,按下一楼按钮:"在楼下放也是一样的。"

夜晚要比白天冷许多,楼下小公园里一个人也没有。

这里比较空旷,头顶也没有树木遮挡,确实是个放灯的好地方。

许小诗又来了兴趣:"我来拿着,你点灯,快快快!"

陆执从一堆材料里摸出个打火机,按下,火苗蹿得很高,底部发蓝。他走近许小诗,火苗的光映着她的脸,眉眼如巧匠雕琢过一般精致。

许小诗等不及地催他:"愣着干什么呢,点火啊!"

陆执笑了下,低低的笑声在无风的夜里毫无阻碍地传进许小诗耳朵里。他伸手点火,灯皮膨胀起来,脱手而出,往夜空飞去。

"陆执。"许小诗喊他。

"嗯。"陆执放飞手里的灯。

"生日快乐!"许小诗笑意盈盈。

陆执看着她,忍不住勾起嘴角。

陆陆续续又有几盏灯飞进夜空,无星无月的晚上,孔明灯里的那点火光隐隐绰绰,在他心里摇摆。

你有一份
初恋。
请签收

他以前曾想过,他的生命里,如果没有许小诗的到来,会怎么样?所幸,在那个平淡无奇的日子里,他遇见她,如鹿归林,如舟靠岸。一切都顺理成章。

扒一扒医学院里被众人评为"站在冰箱上"的五个男生。

Chapter 05

1.

十二月伊始,气温又降。

许小诗每天出门都裹得严严实实、密不透风,围巾、暖手宝一个不落。

空气湿冷,吸进鼻腔只能感觉到刺骨的冰寒,然后打个喷嚏,鼻头就红了。这种天气还能忍住寒冷出门去找对象的,那都是真爱。

很显然,许小诗对陆执就是真爱。

前一段时间,陆执上课特别忙,让她不要过来等,刚好她也忙着完

成老师交代的作业,所以两人算起来已经有大概半个月没有见过面了。好不容易上午没有课,许小诗连招呼都没打就跑到了临床系教学楼下。

铃声响过,大约几分钟后,逐渐响起了说话声。

身边人潮过去,许小诗继续等,可是又过了十分钟,还是没见到陆执。

许小诗开始原地小跑,试图让自己热起来。她想给陆执发信息问问怎么还没下课,又怕打扰到陆执,几次拿起手机又塞回兜里。

她一早起来就没吃东西,现在肚子里空空的,唱起了空城计。

她没等到楼梯下来人,反而有两个男生从远走近。

张子枫惊讶道:"小诗妹妹?"

他跟许默总是同进同出,三人又一次打了个照面。

许默看看她,开始调侃:"哎哟,我说怎么长那么好看呢,原来是小诗妹妹呀!"

许小诗被说得不好意思,赶紧转移话题:"子枫哥,许默哥,你们怎么从外面过来,上午没课吗?"

张子枫笑了笑,露出一排牙齿:"没课,从宿舍过来的,我有东西落在教室了,过来拿一下。"

许小诗"哦"了一声,心里却在想:上午没课,居然不联系她,陆执这个大猪蹄子。

骂归骂，问还是要问的。

"那陆执呢？"

"执哥？"张子枫疑惑道，"他一小时前就出了门，现在还没回来呢。"

"啊？"许小诗皱起眉头，不解道，"他出门做什么？生病了？"

张子枫抓了抓那头新染的咖色短发："没有，他好好的……不过，他出门做什么你不知道吗？"

"他又没跟我说，我哪会知道。"许小诗嘟囔了下，知道陆执不在就可以了。

她朝他们挥挥手："既然他不在，那我就先走了，再见！"

路上，许小诗想来想去，还是忍不住，摸出手机给陆执发消息。

xxs：你在哪里？回我回我回我！

没有回复。

几分钟后，对话框仍然只有她自己的消息。

陆执有什么事情要做啊？不回消息也不跟她说……

这场景莫名熟悉，历史总是惊人的相似。然而这一次，柴茜没有给她打电话，她却一下子联想到了孟蔚然。

真讨厌，一想到她，满脑子就全是她，赶也赶不走。

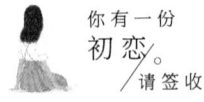

许小诗握着手机,坚强地又等了一会儿,微信总算响了。

她给陆执的备注比较特殊,是一个"执"字后面加了一只emoji表情的花狗,打开微信一眼就能看到:我在宿舍,怎么了?

骗子!她才问过张子枫的!

许小诗不想回他了,刚好她之前关注的那个"扒一扒……"的帖子提示有更新,她随手点进去,只一眼,一张脸立即就拉长了。

2.

主题帖——

#扒一扒医学院里被众人评为"站在冰箱上"的五个男生#

[第……楼]:一直以来,临床系系草陆执的恋情都是各位妹妹们最关注的一件事。之前有人偶遇到陆执和上一届学姐孟蔚然同进校园,有说有笑;后来又发现陆执抱着某不知名女生在校内闲逛,到底谁才是陆执的女朋友呢?据了解,这位不知名女生是心理系学生,名叫许小诗,跟陆执是青梅竹马,所以两人亲密一点是很正常的,而根据定律来看,一般青梅竹马长大的最后都会变成拜把子的兄弟,所以个人认为孟蔚然才是正主。

评论有支持有反对。

许小诗胸口一闷,看了下去。

[第……楼]:楼主今早去医院做体检,看到陆执跟孟蔚然一块从外面走进来,不知道是咋回事,但是两人之间气氛非常好,有图为证!况且,一男一女得是什么关系才会陪着一起去医院,大家都懂不用我明说吧?

图片慢慢加载出来,许小诗顿时感觉心口一梗,一个念头浮出脑海:对啊,两个之前不相熟的人得是什么关系,才会结伴去医院?

之前因为陆执对她的好而雀跃起来的那颗心慢慢又沉了下去,如同坠入了冰窖,冻得生疼。她心里那一点"孟蔚然不是陆执女朋友"的侥幸,全被打碎,碎片细密地扎进心里。

可是为什么陆执交了女朋友却不告诉她呢,总是让她白白欢喜一场,然后再被打回现实中,一个人恢复伤口。

也许陆执真的一直以来只把她当作小姑娘,像对待妹妹一样对她好,她在这种环境里长大,却喜欢上了陆执……这下好了,她彻底不敢再去见陆执了。

许小诗失魂落魄地回到宿舍,柴茜和齐阮都不在。她下午没课,干脆躺到床上思考人生。

注意力一被分散,她连肚子饿也感觉不到了。

许小诗是被煮牛肉的味道唤醒的,一睁眼,窗外已经黑了。

牛肉的香味在鼻尖飘来飘去,混合着西红柿,气味又酸又甜。

齐阮看她从床上直挺挺坐了起来,说:"醒了?给你带了一份,快来吃。"

许小诗慢吞吞爬下床,她心不在焉,差点一脚踩空,吓了齐阮一大跳。

柴茜也感觉到了她的变化,问:"怎么了这是?"

许小诗的脸看起来比苦瓜还苦:"我想喝酒。"

齐阮停下了筷子:"啊?"

"听说过一个成语吗?"许小诗一副悲天悯人的样子,"借酒消愁。"

柴茜及时接话:"愁更愁啊!"

"到底怎么了?"齐阮问道。

她想了想,突然脑子里灵光一闪,福至心灵地说:"是不是陆执又做什么了?"

许小诗憋了一下午,终于找到了宣泄口,立即将事情原委一通添油加醋。有她的讲解,再加上贴吧的三五张照片,竟然让人找不到任何一句话来反驳。

齐阮和柴茜脸色变得凝重起来。

许小诗苦着脸:"该不是孟蔚然怀孕了吧?"

她跟寻常女生一样,一发生点事,就喜欢胡思乱想,并且会越想越没边:"那他们的孩子该叫我什么?姑姑?我不想当他姑姑啊……"

齐阮既同情她又满脑黑线:"都这时候了,你居然在想这个。"

许小诗欲哭无泪,心里说不上是一股什么滋味:"我也不想啊,可我能怎么办……"又不能私下里去跟孟蔚然耀武扬威威胁她离开陆执,这种行为她一点也看不上。

总之,半个小时后,三人一齐坐到了校外附近的饭店包厢里,点了两打啤酒。

3.

人心里藏着事,喝酒反而怎么也醉不了。

许小诗一口接一口地闷,想起贴吧楼主的评论,骂道:"去他的兄弟。"

难道真就没有青梅竹马到最后校服婚纱的?

真是见识短浅,许小诗这么想着。

齐阮看不得她这么憋着憋着喝酒,担心这样太伤身体,劝她说:"小诗,别喝了,你已经喝了三瓶了,跟谁过不去也别跟自己过不去啊!"

你有一份
初恋。
请签收

　　许小诗平时酒量一般,不是不能喝也不是太能喝,反正陆执以前不让她喝就是了,她这会儿想起陆执,觉得悲愤,又灌了几口。

　　眼看着齐阮劝不动她,柴茜灵机一动,另辟蹊径。她拿起酒杯跟许小诗碰了一下,喝了口酒,开始按照自己的想法开导她:"小诗,这没有什么大不了的,你无非是觉得陆执外面有别的狗不要你了,你接受不了,你听我的,你要这么想:其实是你不要陆执了,因为陆执是个渣男,他绿了你,所以你甩了他。"

　　远在医院的陆执突然打了个喷嚏,他揉揉鼻子,皱眉。

　　孟蔚然笑着问:"感冒了?"

　　陆执摇摇头:"没有,结果怎么样?"

　　孟蔚然拿着自己刚才记录下来的笔记,笑了笑:"不算很严重,并且从这次催眠治疗来看,已经有好转的迹象了。"

　　陆执"嗯"了声,道了谢,拿起外套:"那我先走了。"

　　孟蔚然边收拾东西,边道:"天黑了,路上小心。"

　　与此同时。

　　柴茜发现许小诗有所动摇,大声道:"你想想,你甩了一个渣男,这不是一件大喜事吗?"

　　许小诗从一堆空酒瓶里抬起头,眼底水波泛泛。她酒喝多了,脑子里有点混沌，愣了一会儿，显然是在思考这些话的意思。

柴茜觉得这招可行，于是趁热打铁地继续说："你看，陆执对你好，这是事实对吧？但是他又确实跟孟蔚然去了医院，贴吧的人也没说错，要真是普通关系何必一起去医院？所以这证明了什么？"

齐阮跟许小诗一起露出疑惑的眼神："证明了什么？"

柴茜合掌一拍："渣啊！"

那边，陆执猝不及防又打了个喷嚏。

见两人同时呆愣着，柴茜又解释道："一个男人，同时对两个妙龄女人好，这代表什么？小诗，你觉得他当你是妹妹，但是你见过哪个哥哥会在球场上抱自己妹妹投篮的吗？哪个哥哥会抱着自己妹妹穿梭校园？这是正经哥哥吗？"

齐阮跟许小诗同时摇头："不是。"

"对啊，陆执对你不是妹妹，对孟蔚然就更不是了，你跟他一起这么多年，见过他哪个亲戚叫孟蔚然吗？"

许小诗再次摇头："没有。"

柴茜再次合掌一拍："结了！陆执一边跟你亲亲密密，一边跟别的女人不清不楚，你说他渣不渣？你想想，你往细里想想！"

你有一份
初恋。
/请签收

许小诗被忽悠得理不清思绪,也是一拍手:"渣啊!"

柴茜这时总结陈词,引出中心,站起来声情并茂道:"所以,天涯何处无芳草,何必单恋一枝花,你干吗跟自己过不去呢?酒喝多了伤身,事想多了伤心,勇敢站起来,迎接朝阳迎接明天才是硬道理啊!"

许小诗跟齐阮听痴了,开始鼓掌。

柴茜都快把自己说得信了,见许小诗好不容易动容,露出点笑:"怎么样,心里舒服了吗?现在回学校?"

许小诗踌躇着,犯难:"可是,我们点的啤酒……还剩了十八瓶。"

4.

陆执回到宿舍,刚把外套脱下丢在床上,许默跟张子枫就从外面逛完回来了。

张子枫上前就揽住了陆执的肩膀:"老实交代,你今天去哪儿了?"

陆执拉开他的手,十分嫌弃:"许默,管管。"

许默莫名被点名,摊了摊手:"关我什么事?"

张子枫继续说:"对了,今天小诗妹妹过来找你了。"

陆执准备洗脸的动作一顿,心里突然有种不好的预感:"什么时候?"

"中午那段时间,估计是想等你一起吃饭。"

陆执拧起了眉心:"然后呢,一次说完。"

许默刚开了一局绝地求生,闻言说道:"然后小诗妹妹就走了,不过她不知道咱们上午没课,估计等了很久,刚好我们去教室拿东西,才碰上的。"

陆执想起自己在那个时间里给许小诗的微信回复,忍不住攥紧了手。

桌面杯盘狼藉。

许小诗喝得直犯恶心,鼻子仿佛失灵,只能嗅到啤酒的味道。

柴茜酒量好,一瓶下肚脸色不改,不过这酒的味道确实算不上好,她皱着鼻子:"咱们这是为了什么?"

齐阮也能喝,但是喝得比较文雅,不像柴茜和许小诗似的拿着酒瓶对着吹。她一杯接一杯,喝完后抿了抿唇:"为了不浪费钱。"

许小诗两颊绯红,又往嘴里灌进一大口,又苦又涩的味道,刚好跟她的心情一样:"别人家的店里啤酒喝不完的都能退,怎么这家这么抠呢……"

她刚说完,身侧的手机就响了起来。

一看显示,陆执。

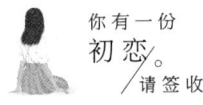

许小诗睁着迷茫的眼睛,半醉不醉间,举起手机大喊:"各位,绿我的那个人打电话来了!"

柴茜大手一挥:"别接!"

许小诗挂断了。

又过了一会儿,依旧是那个号码。

许小诗连挂三次,手机还在响。她醉意上涌,手一滑,接通了。

"许小诗。"陆执喊她。

许小诗哼了一声,没说话。

她们这边气氛迷醉,推杯换盏,陆执像是感觉到了什么,问:"你在哪里?"

许小诗趴在桌上,脑袋又胀又晕,声音软软仍带着奇怪的酸意咕哝道:"关你屁事,你和你那小姐姐处得开不开心?是不是孩子都有了?我这个当姑姑的要不要给准备点礼物?虎头鞋你看行不行?"

"你在说什么?"陆执急道,"地址,告诉我。"

谁知许小诗迷迷糊糊地开始哭了,边哭还边对着听筒唱歌:"我听见雨滴落在青青草地……"

唱着唱着,许小诗调子一转,悲从中来:"爱是一道光,绿得我发慌……"

陆执:"……"

知道问许小诗问不出什么，他又担心许小诗在外面不安全，于是找出上回在云霄山给他打过电话的号码，拨了过去，接通就被柴茜骂了一句"渣男"，又给挂了。

陆执又打给齐阮。

齐阮看看不省人事的许小诗，又看看即将不省人事的柴茜，把地址报了过去。

没过多久，陆执一身风尘地赶了过来。

这个点儿回学校实在不方便，陆执跟齐阮一人拖一个地在附近酒店开了两间房。

陆执抱着许小诗，又是洗脸又是喂水，忙到半夜。他拨开许小诗散乱得挡住脸的头发，在她脸颊上亲了一下，一颗心又潮又软，喃喃道："我怎么没发现，你会对这个这么在意呢？"

现在想想，许小诗那次在咖啡厅外生闷气，大概也是看到了孟蔚然，他竟然现在才发现，实在觉得哭笑不得。

许小诗躺在陆执身边，不自觉地一个劲往他怀里缩，不知道是她觉得冷，还是那种感觉太像小时候两人躺在一张床上睡觉时那样温情。许小诗半梦半醒，分不清到底是现实还是梦境，只知道，陆执好像在她身边。

她右手在陆执身上摸来摸去，摸到他放在一侧的手，紧紧扣住，满足地在他颈间蹭了蹭,哑哑嘴:"陆执……"

陆执低声笑了下,黑暗里,他凝视着许小诗的脸庞,眼神柔和得不可思议。

半晌,他轻轻叹了口气:"傻子。"

Chapter 06

许小诗 18 岁,陆执 19 岁。
陆执说,许小诗我爱你。

1.

许小诗做了个梦,梦到她喝多了,然后陆执给她打电话,她胆大包天地对着陆执唱了一首《绿光》。

她拍了拍胸脯,还好是个梦。结果一睁眼,看到陆执安然的侧脸,她脑袋里像是有个炸弹,"轰"的一声,炸了。

昨晚的一幕幕,走马观花似的一闪而过。

最可怕的莫过于梦里出现的事情,现实中真的发生过,她真的对陆执唱了《绿光》!

　　许小诗脸色一阵红一阵白，猛地坐起来。她光顾着想那个梦，差点忘了陆执现在是有妇之夫，跟她躺在一起成何体统？

　　她狠狠掐了自己的手臂一把：许小诗，看清面前这个人，他现在是别人的男朋友！

　　"醒了？"陆执被她吵醒，揉了揉太阳穴下床，"饿了吗？我让人送餐上来。"

　　许小诗张了张嘴，喉咙里涌出一股异物感，然后"呜哇"一声，吐了。幸亏她反应快，吐在了床边的垃圾桶里。

　　陆执拍着她的后背："难受吗？"

　　许小诗又想吐了，因为呕吐，眼里也挂上了生理泪水。

　　她抬眼，盯着陆执，泪花闪闪，终于问出了那些卡在喉咙里无数次的问题——

　　"陆执，你为什么对我这么好？"

　　"你是不是一直都把我当妹妹看的？"

　　"你是不是对所有的人都这么好？"

　　她想，如果陆执说是，她就彻底死心，不再围在他身边，以后跟他保持距离，各自过各自的生活，互不打扰。

　　陆执目光沉沉，视线紧锁住她，然后他笑了，气笑了："许小诗，你是不是脑子进了水？"

许小诗摸不清陆执那句话到底是什么意思。

难道脚踏两条船真的很好玩?

啊啊啊——烦死了!许小诗抓乱自己的头发。

像是想到了什么,她从WPS里翻出上回做的那个焦虑自评量表,开始答题。

答到最后,所有数字加起来,超过了"30",许小诗长长地叹了口气。坏了,有焦虑症的趋势了。

又过了几天,一个再平常不过的早上,陆执站在了女寝楼下。

齐阮、柴茜和许小诗一起下楼,齐阮看到陆执,愣了一下,推了推有些心神恍惚的许小诗:"小诗,醒醒,陆执来找你了。"

柴茜现在在陆执面前有点抬不起头,她上回那么说都是为了让许小诗不那么消沉,但是心里也十分过不去。她后来还接了电话骂陆执渣男,不过她发誓,这真的是个意外,她喝醉了,加上看到许小诗当时的样子,话不过脑子就说出来了。

她往齐阮身后缩了缩,努力降低自己的存在感。

陆执看着许小诗:"跟我走,带你去个地方。"

许小诗看着身边两个自动离开好几米的舍友,"哦"了一声,默默跟在他身后。

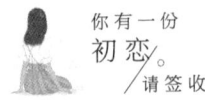

她想,这回陆执要仔细跟她谈谈,以后的相处问题了。

明明做好了心理准备,可是真到了这个节骨眼上,她突然感觉到眼眶一涩。从小到大,十八年的感情,就要不复存在了。

许小诗越想越觉得不是滋味,眼泪不要钱似的啪嗒啪嗒往下掉。她吸鼻子的声音有点大,陆执突然停住脚步,回过头来。

冷风一刮,许小诗哭得更凶了。

陆执有些许无奈,摸出纸巾:"许小诗。"

许小诗躲避他擦眼泪的手,从鼻腔里滚出一句,带着浓重的鼻音:"干什么?"

陆执干脆用大拇指拭去许小诗的泪水,问:"你到底在担心什么?"

孟蔚然每天的工作并不轻松,患者从几十岁的中年人到几岁的小孩都有。

好不容易轮到这天没有预约的患者,陆执才带着人过来。

许小诗盯着 C 大医院的标志,一下子摆摆手:"我脑子里真的没有进水的!"

陆执领着人,走到孟蔚然的诊室。

孟蔚然早为他们泡好了茶。一推门,水果茶的清香就飘进了许小诗鼻子里。

"来了。"孟蔚然依旧如常,精致的妆容,红色嘴唇,灰色毛衣上套了一件白大褂,她温柔地笑了笑,"坐吧。"

许小诗看到她,仿佛被雷击中,一时不知道说点什么。她余光瞥到孟蔚然胸前别着的一个牌子,上面印着"心理医生孟蔚然"七个大字,更加吃惊,仿若失语。

"你……"许小诗更惊讶了。

孟蔚然把一杯水果茶推到她跟前:"先喝点热的,暖暖身体。"

窗外冷风阵阵,树木萧索。隔着紧闭的门窗,许小诗竟然真的感觉到了冷,听话地端起了杯子。

孟蔚然道:"陆执的恐高症近期已经缓和了许多,只要再多配合几次催眠治疗,应该就能痊愈,他的情况算是比较轻的,不过具体我也没办法打包票。"

陆执点点头:"只要不影响生活就好。"

从医院出来,许小诗都没有开口说过话,她感觉有一块巨石,压在心上,压得她喘不过气来。

她突然觉得愧疚,为自己不分青红皂白就怀疑陆执。

陆执突然停下,许小诗一个不察,一头撞在他后背,然后,又哭了。

她猛地伸手,从身后环住陆执的腰,啜泣不止:"对不起,陆执。"

陆执低头,抓着她的手:"哭什么?"

你有一份
初恋。
/请签收

许小诗埋头在他背上,狠狠吸了口气,闷闷道:"我跟你一起长大,都没发现你有恐高症。"

陆执就着这个姿势边走边说:"你还记得你小学五年级的时候做过一件什么事吗?"

2.
十岁那年秋天,陆执跟许小诗分开了。

陆执被分到了城郊的中学念六年级,离家远,回到家天也差不多黑了。

许小诗早早待在家里做完了作业,跟同班的几个同学在楼下放风筝,风筝飞得太高,不受控制,于是线断了,风筝卡在小区里一户正在装修的人家的防盗窗上。

许小诗那时候被保护得很好,根本不懂什么是危险,悄悄爬到了十二楼那户人家门口,恰巧那家人门没关。她跑到阳台,爬到了没装好的防盗窗上。

陆执回家时,小区里一群人围在那栋楼下。

"那是谁家的小孩儿啊?怎么爬那么高?"

"防盗窗没装好,很有可能会掉下来,快报警!"

陆执抬头看了一眼,一颗心差点跳出来。

防盗窗摇摇晃晃的,看样子只安好了一边,许小诗踩在上面,只要一个不小心,就会摔下来。

十二楼的高度,底下是修葺好的水泥路面,掉下来就是死。

许小诗被消防员救下来后,所有人都松了口气,许妈妈跟陆阿姨抱在一起哭。唯独她自己,仍旧嘻嘻哈哈的,反而倒过来安慰陆执。

因为这件事,陆执一个星期没跟她说话。

之后,陆执发现自己对十二楼这个高度变得恐惧,越往上越压抑。

许小诗呆呆站着,不知道说什么好。

这件事,如果陆执不提,她都快忘了。

她没想过陆执的恐高症来源是她,她那时候反而拿这件事当作什么英雄事迹一样跟同班同学炫耀,说自己福大命大,是上帝眷顾的孩子。

现在想想,她哪里是什么上帝眷顾的孩子,只是她的惊慌恐惧,全都被陆执代替了而已。

终于调整好心态,许小诗快步走到陆执跟前,满脸严肃地并起三根手指指天指地指心道:"陆执,我许小诗发誓,我以后再也不会让你担心了,也再不会不相信你了!如果再犯,我就把名字倒过来写!"

她信誓旦旦。

陆执抱着双肘,挑眉哼了一声,显然不信。

许小诗急了,掰开他抱在一起的手臂,把他右臂搂在怀里,语气不自觉染上点讨好的撒娇意味:"哎呀,这次是我错了,你说,你想要什么补偿?"

陆执摇了摇头:"想不到。"

许小诗整张脸都皱在一起,不可置信地问:"你就没有什么特别喜欢的东西?"

陆执真的认真想了想,然后看着她说:"好像没有,特别喜欢你算不算?"

许小诗脑回路清奇:"我又不是东西!"

过了一会儿,她反应过来,搂着陆执的手臂晃了晃,确认道:"你刚刚说什么?"

陆执却不说了,淡定地看着远方:"我什么也没说。"

许小诗不满意,急忙说:"不是,你说了,你说你喜欢我!"

"我没有。"

"陆执!"

3.

误会说开后,许小诗做什么都有精气神了。

天越来越冷,然后在某一个早晨,地面覆盖上了一层纯净的白色。

细细柔柔的雪花从天上飘下来,落到眼睛里,晕开一片凉意。

许小诗把陆执从医学院拐出来,亲昵地蹭蹭他手臂:"今晚中心广场有个音乐节,阮阮给了我两张票。"

陆执挑眉,看着她:"所以?"

许小诗开始撒娇:"陪我去。"

陆执薅了一把她被风吹起来的头发,把她松垮垮的绒帽扶正:"行,你多穿点。"

下午六点,雪刚好停了。

许小诗冲出宿舍,在校门口和陆执会合。

陆执穿了件厚厚的灰色毛呢大衣,戴了条深色围巾,双手插在口袋里,露出的脸庞清隽削瘦,五官深邃,皮肤白皙。

许小诗三步并作两步飞奔到他跟前,一下子扑进他怀里:"陆执!"

陆执被她火星撞地球似的一击,抱着人往后退了几步才站稳,无奈道:"多大的人了,就不能稍微稳重一点?"

许小诗在他怀里拱了两下,仰起头,眼里有星光闪烁:"我不要。"

中心广场上摆放的圣诞树还没有撤掉,彩灯一闪一闪,顶上那颗五

角星透着粉色的光。

许小诗拉着陆执挤进会场,会场人很多,还放着悠扬的轻音乐。许小诗没找到齐阮,只好拉着陆执穿越人群打算找到自己的位置坐好。

周围人挤人,眼看着许小诗被人推了一下,陆执一把将许小诗拽了回来,半搂着她,低声凑到她耳边说:"抓紧我。"

许小诗愣愣的,鼻腔间全是陆执衣服上的清香。

她心里泛起一阵一阵的甜,抓着他的衣襟,任由他带着自己前行。

几个小时后,当红歌手宋珵喻的出现,将整个会场的气氛推向高潮。

宋珵喻缓沉的声音逐渐盖过了因他上场而引起的躁动,他坐在舞台中央安置的红色高脚凳上,沐浴着莹白的光线,低垂着眼帘认真唱情歌。

许小诗在这越来越温情的环境里,感受着来自陆执怀里的温度。不浓不淡,温暖得像是春日的阳光。

陆执忽然道:"许小诗。"

许小诗从他胸膛处抬头:"干吗?"

陆执却握着她的手,微微俯下身,温热的吐息落在她耳边:"我有话跟你说。"

之前发生了太多的事,他越来越觉得,有件事非说不可。

而现在,时机刚好,气氛刚好,他们刚好。

许小诗不知道他罐子里卖的什么药,眨眨眼:"好,你说,我听着。"

陆执说:"我一直觉得,我们从小就是一对,一切都水到渠成,所以我忽略了你的感受,让你有了其他的想法而伤心难过,是我不对,我应该给你一个肯定。"

许小诗呼吸一滞,不明白自己为什么因为他这短短一句话突然变得紧张起来。

"许小诗,我爱你。"

不是哥哥对妹妹的爱,是一个男人,对一个女人的爱。

当晚,许小诗闲置了四个多月的笔记本上,终于又多出了两行字:

2017年,许小诗18岁,陆执19岁。

陆执对我说了"我爱你"。

齐阮篇

QIRUANPIAN

我在每一刻的呼吸里,惦记你。

Chapter 01

我装作不经意,手背扫过你手臂。

1.
"最喜欢自己身体哪一个部位?"
"脑子。"
"粉丝和女朋友同时掉进水里,你会先救谁?"
"前提是我得先有一个女朋友,节目组送吗?"
……
节目里,面对主持人快问快答式连环逼问,男人面不改色迅速接话,毫无压力。

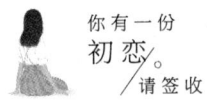

台下哄笑一片,有粉丝举着闪亮亮的应援牌大喊"宋珵喻我爱你"。

他随意地坐在小沙发上,神色自然,嘴角噙着淡淡的笑,姿态礼貌又疏离,周身透着一种沉稳平和的气场。

也不过两年多光景,歌手出身的他如今成功跻身于演艺界,演技好颜值高能唱能跳堪称全才,零绯闻又频频获奖,揽尽粉丝成为当红男神。

主持人又问了些什么,观众席上一片尖叫。

气氛热烈。

主持人翻了翻手里的卡片,对着激动的小姑娘们比了个噤声的手势,继续发问:"怎么评价你在《初恋》中扮演的角色?"

"惨。"他笑了。

"哈哈哈,好,下一题,你学生时代有没有像剧里的角色那样用力地喜欢过一个女孩子?"

他表情忽地定住,半晌才收回视线,低头缓缓扯出个笑容:

"有啊。"

拿着手机看视频的齐阮动作一滞,她瞥到手边的演唱会门票,突然就恍了神。

2.

九月份的开学季。

高温还没过去,道路两边的柳树被太阳晒得耷拉下了脑袋。又值中午,连迎面吹过来的风都是燥热的。

齐阮背着刚领来的满满一书包教材,在烈日下晕晕乎乎转了将近一个小时,才好不容易在一堆长得都差不多的楼里找到二教。

"是这里了没错吧?"

她上了楼,找到1403办公室,反复确认了下门框上的数字。

原本她对学生会也没什么兴趣,但是禁不住许小诗和柴茜的软磨硬泡,这才答应也来报个名。

齐阮站在门口深深吸了口气,捏在手里的报名表因为攥得太紧的缘故,已经被汗水浸湿了一角,看上去软趴趴的。

她低头看了一眼,不由得皱了皱眉,正想着要不要下去重新打印一份再上来。

面前的门"吱"的一声,被人从里面拉开。

对方大概是刚打完球回来,球衣都还没来得及换下来,鬓角的碎发湿漉漉的,正仰着头往嘴里灌水。一开门看到齐阮,他也愣了一下,随即瞥到她手里的简历,突然反应过来:"哎,小学妹你是来应聘的吧?"

"啊?"

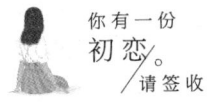

齐阮还没来得及解释,就被抽走了手里的报名表。

陈颂推着她往里边走,然后随手把她的"简历"放在了旁边的桌子上,替她拉了把椅子:"小学妹坐啊,别客气,你先稍微等一会儿,赵哥下去买烟了。"

说完,他又转过头去跟旁边低着头摆弄吉他的男生搭话:"哎,球球你说,赵哥这办事效率也太高了吧?思思姐前脚才刚走,他后脚就把招聘消息放出去了?"

他们这个小乐队虽然成立不到两年,但在宋珵喻的带领下,凭借扛打的颜值和原创才华,在C大以及网络上还是有那么一丢丢小名气的,也算是半个网红乐队。在赵哥的牵线下,偶尔也会参加一些小型活动。

之前乐队里一些杂事都是由思思姐负责,不过这学期她要准备毕业答辩,昨天刚刚请辞,所以赵哥寻思着再找个小助理。

只不过,陈颂没想到他这么快就把消息放出去了。

齐阮根本不知道这个情况,坐在椅子上听得莫名其妙。

学生会招聘不是在报到那天就说了吗?

还有,今天来报名的人就只有她一个吗?

"幸亏老大还没来。"陈颂继续单方面跟球球啰唆,"不然等会儿应聘的那群花痴都冲着他过来,我们这儿还不得吵成马蜂窝?哎不行,我得给珵喻先打个电话,让他晚点再过来……"

齐阮刷手机的动作忽地一僵。

珵喻?

宋珵喻?

她暗恋了多年的小男神。

说来有点"中二",就是为了能跟他同校,她当时才背着爸妈偷偷把第一志愿改成了经济专业并不算突出的 C 大,包括她答应室友报名学生会文艺部,也是希望能有机会跟他接触。

宋珵喻今天也会来学生会吗?

她装作继续玩手机的样子,心思却已经全部跑去了陈颂的电话上边,侧着耳朵留心偷听。

"你到哪儿了?"陈颂跷着二郎腿,随意翻着桌上的乐谱打电话,"哎,不是,我跟你说你今天别过来了,这……"

话说到一半,办公室门被人推开。

陈颂挂断电话,站起身来:"老大!"

齐阮一颗心"噌"地提到了嗓子眼。

宋珵喻站在进门处,手里还拿着手机。

简单的浅色 T 恤衬着挺拔的身形,他戴了只口罩,零碎的短发下只

露出一双漆黑如墨的眼睛,深邃又清冷。

齐阮心跳加速,下意识绞了绞手指。

他也察觉到办公室里多出来的一抹身影,侧头看到小姑娘的时候,眼皮忽然微不可察地动了动,不动声色地把手里的文件夹往身后藏了藏。

"你这是啥啊?"陈颂眼尖,动作很快地抽出文件夹里的东西瞄了一眼,刚看见什么"个人简历"几个字,立马又被抢了回去,他咕哝着,"老大,你不是想给谁走后门吧?"

宋珵喻剜了他一眼,没说话。

"哎,对了,这小学妹……"陈颂又兴奋起来,说到一半又回头问,"小学妹你叫什么来着?"

"齐……"她有点紧张,"齐阮。"

"对对对……齐阮。"陈颂继续道,"阮阮小学妹是来应聘你的小助理的,赵哥估摸着买了烟又去哪儿放纵自我了,要不老大你来面个试?人都等了好一阵了。"

"啊?"齐阮瞪大了眼睛。

不是学生会吗?怎么是应聘宋珵喻的小助理?

"应聘?"

没留给齐阮反应的机会,宋玾喻已经出声。因为感冒的缘故,声音听上去有点沙哑,漫不经心的语气里却染了点笑意。

他走过去随手拿起桌上的纸。

与此同时,齐阮从椅子里跳起来——

她报名表还写着报名意向:文艺部!

"其实……"

"齐阮?"

没等齐阮开口,宋玾喻看着手里的报名表,口罩下发出了一声极短促的笑声,良久抬眼看她:"认识我吗?"

"嗯。"齐阮点了点头,"宋学长。"

"想做我的小助理?"他收回目光,淡淡道,"知道助理需要做什么吗?"

学长怕是瞎了吧?

他看不见我那个是学生会报名表?

齐阮看着宋玾喻云淡风轻的反应,心里掠过一万种猜测,但还是硬着头皮点了点头,想了想:"助理要……端茶、倒水、填表格?"

谁知道会误打误撞走错地方来应聘什么小助理啊?

她根本一点功课都没做过,只好凭着想象胡乱回答,抬头撞上宋玾喻毫无波澜的眼睛,她有点慌了,继续说:"要一切以老板的需求为主。"

还不够?

她再补上一句:"要……听话?"

"嗯?"他蓦地笑了,"听话?"

齐阮被他笑得越来越紧张了,总觉得自己的小心思要被看破,忍不住打起退堂鼓,她攥着手机反复按着屏幕。

"阮阮?"

她心里"咯噔"一下,差点要稍息立正喊个"到"了。

"你有男朋友了吗?"他看着她的手机,眉头微微皱起。

"啊?"

"我的意思是,有男朋友的话可能不适合这个工作。"宋珵喻回神,移开视线,面不改色地信口胡诌解释,"比如,我们需要随时……"

"没有,没有!学长我没有!"不等他说完,齐阮举手保证,"我没有男朋友。"

"好。"他放下手里的纸张,起身坐到旁边的琴架前,头也不抬,"明天有空了过来跟赵哥碰个面,具体的事情我到时候再告诉你。"

所以?

齐阮一脸不可置信:"我通过了?"

"有问题吗?"

"没有,没有!"她忙摆手,想了想又躬了躬身,笑着,"谢谢学长,学长再见!"

宋珵喻淡淡地冲她点了点头,直到小姑娘的身影消失在门口,他才缓缓收回视线,松了一口气。

旁边的陈颂都没从震惊中回过神来。

不是,怎么回事啊?

面试就问了三个问题:认识我吗?知道助理要做什么吗?有男朋友吗?

这都是些什么问题啊!他那个高冷又挑剔的老大呢?

"老大!"他摸了摸鼻子凑过去,还是一脸的不相信,"你……这就结束了?可是……"赵哥连人都还没见着呢?

"告诉赵哥,招聘消息不用发了。"宋珵喻心情不错。

陈颂更迷茫了。

招聘消息没发吗?那这小学妹是怎么来的?

他还想再问,旁边的人翻了翻自己带过来的文件夹,漫不经心道:"还有陈颂,注意一下你的工作态度,齐阮就齐阮,不要一口一个阮阮地叫。"

陈颂:"?"

不是,我看你一口一个阮阮叫得不也挺开心的吗?

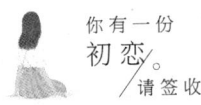

"啪"的一声。文件夹丢进了垃圾桶。

陈颂立马虎扑过去一把捡起来:"谱曲不易,老大你别丢——"

话说到一半,他看着打开的文件夹忽然顿住了。

不是曲谱!

里边只有一张纸,宋式同款简历格式下边姓名那一栏,却明晃晃写着"齐阮"两个大字。

老大原本带了齐阮的简历过来?

他脑子转得飞快,一抬头对上宋理喻来不及收回去的手,以及黑着的脸。

完了,他好像真的知道了什么不得了的事情?

[我猜,这世间所有的机缘巧合,大概都是命中注定。]

——齐阮

3.

"近水楼台先得月!哎,阮阮我跟你说,抱得男神归了可别忘了请我们吃饭啊!"

"许小诗瞧你那点出息,你们家陆执还饿着你了?"

"那怎么能一样?"

"阮阮你别听她的,当务之急是先拟订好追男神大计!不过要我说啊,看上了咱就直接上!"

……

自从柴茜和许小诗得知她成了宋珵喻的小助理后,天天就念叨着要怎么帮她追男神。

只不过,上次跟赵哥做了个简单的交接之后,宋珵喻他们就去了邻市安城参加一个舞蹈培训,而她也正式开始了苦逼的新生军训。

这么一来,她这个小助理这几天倒没有再见过宋珵喻了。

她想想还是有点小失落,起身收拾完饭盒去洗了把脸。

柴茜和许小诗还面对面坐在床边讨论爱情,还不忘一把拽住刚洗脸过来的齐阮:"阮啊,宋珵喻该不会是看上你了吧?"

齐阮手一抖,差点把补水喷雾喷鼻子里:"别乱说!"

"哪儿乱说了?"柴茜嘿嘿一笑,顺手把喷雾抽过去,往自己脸上喷了喷,"你想想,宋珵喻的粉丝怎么说也能从一教排到咱们宿舍楼下吧?他找助理这消息要是传出去,那些花花绿绿的简历分分钟能把咱三个埋了你信不信?"

"对啊。"许小诗附和,"但是你呢,拿了份交错地方的学生会报名

你有一份
初恋。
请签收

表都能被录用?明摆着有猫腻吧?"

"老实交代啊,你们是不是有什么不为人知的地下恋情?"

齐阮:"……"

地下恋情?

嗯,如果她的单向暗恋也算的话。

她有点无奈地努了努嘴,没再搭话,自己抓过桌上拆开的薯片塞到嘴里,"咔嚓咔嚓"地嚼起来,顺便打开手机再刷一刷朋友圈。

宋珵喻不在的第六天,想他。

"哔——"

楼下传来一阵尖厉的哨音。

齐阮嚼薯片的动作忽然一顿。

她是不是忘记了什么?

她抬头看了眼旁边两个还在嘻嘻哈哈聊天的八卦少女:"下午的军训几点集合来着?"

"不是两点吗?"许小诗头也不回,"我们今天下午检查内务,不用去集合。"

她心里有种不祥的预感,转头看向柴茜。

"我跟教官说我'大姨妈'来了。"柴茜装模作样地揉了揉肚子,然后突然一顿,"阮阮,你该不会……"

话没说完,齐阮一阵风似的直冲门外。

果然啊,爱情让人愚蠢。

齐阮迟到了。

她跑去操场上的时候,队伍已经集合完毕,一片绿油油的迷彩服在烈日下排列得整整齐齐。

她一个迟到了还没穿迷彩服的小家伙,被教官抓了个正着。

"嘿,你哪个班的?"教官用手里的花名册指了指她,黑着脸,"去!操场上罚跑二十圈!"

二十圈?八千米!会出人命的吧?

齐阮都蒙了,站在原地想跟教官打个商量:"教官,要不你看……"

"表演个才艺也行!"

身后传来一道染着笑意的声音。

伴随着队伍里窸窸窣窣的低呼声,人影不急不缓地踱步过来:"陈连,对我们小姑娘来说,你这是不是也有点太狠了?"

"宋珵喻!"陈教官咬牙。

队伍里迸发出一阵哄笑,刚刚严肃的气氛瞬间放松下来,有人开始起哄:"就表演一个呗!"

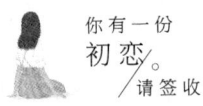

有了带头的,其他一群小迷妹也开始疯起来,直接冲着宋珵喻喊起来:

"宋学长也来一个!"

"宋学长,来一个!"

……

"好。"宋珵喻朝齐阮的方向看了一眼,回头对着陈教官笑了下,"唱歌可以,唱完我可就把我……们小助理领走了啊。"

也不等教官真的同意,宋珵喻直接拉了她过去站在旁边的队伍前面,他俯身过来很轻地笑了下:"阮阮,我嗓子不舒服,你跟我一起唱啊。"

"啊?"齐阮抬眼看他。

明明是他替她解围,现在反倒说得好像是拜托她帮忙一样。

"唱完就走,听话。"他又补上一句,笑意不减,"不是你说的吗?助理的职责之一是听话?"

他离她很近,语气亲昵又自然。

齐阮紧张地攥了攥手指,然后看着他的眼睛,鬼使神差地点了头。

陈颂一路吭哧吭哧赶过来还没站稳,就看见自家老大张开双手冲着自己过去,他很配合地故作娇羞状做作地娇嗔了一声。

戏精体还没来得及现行,就发现人家直接解下了他背上的大吉他,冷冷淡淡地抛给了他两个字:"伴奏。"

陈颂:"……"人不如乐器系列。

然而,下一秒,他看到站在旁边的齐阮小助理,忽然秒懂,还装模作样地冲她挤了个眼。

不明所以的齐阮压着一胳膊的鸡皮疙瘩勉强回了他一个笑。

"唱什么?"他拨了两下弦试音,抬头问宋理喻。

队伍里一帮人七嘴八舌地开始报起他们乐队的原创歌名。

宋理喻看了齐阮一眼,然后把手机递给陈颂。

琴弦拨动,熟悉的前奏响起。

齐阮猛地掀了掀眼皮,下意识地别过头去看宋理喻。

人群已经安静下来,他没什么反应,只是微微低着头,神情专注,声音低沉缱绻,带着点感冒未愈的沙哑。

——是一首网路上改编的小众歌曲。

藏着齐阮的秘密,被她单曲循环过很多遍。

她侧头看着身边的人,熟悉的曲调从他嘴里唱出来,搭着木吉他零碎的伴奏,干净又深情。

那道身影渐渐与多年前少年的轮廓重合。

她想到很久以前初见他的时候,少年干净挺拔的身影,固执又倔强。

你有一份
初恋。
请签收

想到很久以前,她在校广播室里遇到突发状况,他来送资料时临时清唱救场。

想到很久以前,日复一日几乎被铺天盖地的试卷活埋的空隙里,她站在成绩公布栏前偷瞄他的名次。

……

她在一点点用力变得更好更优秀,可遗憾的是,这些他都不知道。

偌大的操场,只有齐阮一个人可怜巴巴地被唱出了小情绪,她耷拉着脑袋胡思乱想着。

说是合唱,她也就刚开始的时候跟着哼了两声,到了最后根本就只剩宋珵喻一个人在唱。

不过,大家都沉迷于男神,也没有人注意到她。

她悄悄打量他,一转头对上一双染着笑意的眼睛。

……

如何还能相遇 不想只是在这里
我装作不经意 手背扫过你手臂
你突然被惊醒 慌乱地整理耳机
再忍不住笑意 随便找一点话题
你看起来好蠢啊
好想说喜欢你

……

像做了亏心事被抓包,齐阮立马心虚地移开视线,心跳却越来越快。

还没来得及平复心情,她手腕一热,被人握住。

"走了!"

宋珵喻冲陈教官挥了挥手,也不顾他咬牙切齿的表情,直接拉着齐阮就往操场外走。

九月份的下午,阳光炽热。

齐阮紧了紧手指,明明刚才被抓的是手腕,可松开的时候,她手心里却沁出了一层湿热的薄汗。

正是上课的时间段,路上人很少,两个人以前一后地走在林荫道上。

"宋珵喻……"她开始没话找话地搭话,"那个,你……感冒好了没?"

"嗯?"前边的人影停下来,侧头看她,"好了。"

"哦,那就好。"

气氛再次陷入安静。

齐阮有些懊恼,一个人的时候明明有很多话想跟他说,可是现在跟他同校了,变成他的小助理,看到他了却又不知道要说什么。

她低着头,又忍不住时不时地瞄他两眼。

你有一份
初恋。
请签收

宋珵喻感觉得到来自旁边暗戳戳的视线,不动声色地勾了勾嘴角:"阮阮?"

"啊?"齐阮整个人几乎弹起来。

"你——"宋珵喻有点无奈地一笑,"认识我吗?"我是说,不是歌手的宋珵喻。

他以前自信她会记得自己,甚至笃定她喜欢自己。

可是两个人真的近了,他又忍不住怀疑,当年的那个小姑娘,在几年之后,到底是不是还记得他?

特别是那天,他开开心心以为她打听到消息来面试自己的小助理,结果看到她的学生会报名表,他猜到她是走错楼了,可还是将错就错将人圈在了自己身边。

再加上他离校去训练,本以为会收到她的很多短信或者电话,可结果杳无音信。

再到今天,他刚回来就跑来操场上看她,又特意找这么拙劣的借口帮她解围,可她也没多说什么……

他心里是不确定的。

"认识啊。"齐阮仰着头古怪地看了他一眼,觉得他可能是想说什么,但是没好意思直接说?

因为她刚才在操场上的表现?

"其实刚刚我是有点太紧张了。"她咳了两声,解释道,"我唱歌其实不是很难听的,我就是声音小……"

说着说着,她自己也说不下去了。

顿了顿,她长长地呼了一口气:"好吧,我唱歌真的很难听。"

五音不全大概是生理缺陷。她也没有办法的呀。

宋珵喻勾了勾嘴角,不知道为什么,他忽然感觉两个人的距离近了一点点。

"阮阮。"他喊住她。

"嗯?"齐阮抬头看他。

他动了动嘴角,目光温柔绵长,却是轻微地叹了口气,半晌抬手摸了摸她的脑袋,笑意沉沉:"算了,没什么。"

怕是自己一厢情愿地多想,怕一开口将人推出去很远。

他笑了下,用下巴指了指前边不远处的女寝:"你到了,回去吧,好好休息。"

"学长再见!"

齐阮也没再追问他刚才到底想说什么,无比乖巧地挥手告别。

转身跑到一半的时候,她又忽然折回来,从兜里摸出了个什么东西,一把塞到宋珵喻手上:"给你。"

下一秒,掌心里躺着一颗亮晶晶的薄荷糖。他怔了下,随即反应过

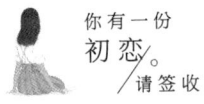

你有一份
初恋。
请签收

来,笑了下。

陈颂一路跑过来的时候,看到的就是自家老大盯着自己的手一副痴汉笑的样子。

这是,连自己的手都迷恋?

陈颂走得近了,才看清那个绿绿的东西。

一颗糖?还皱巴巴的。

捡到一颗糖就能开心成这样吗?

不过,当他看到女寝的时候,忽然就明白了。

陈颂两三步跑过去在宋珵喻的肩膀上拍了一下:"老大!"

宋珵喻把糖装进衣兜里,拂开他的手。

陈颂也不介意,继续笑:"那个啥,你今天去操场干啥啊?赵哥还说你去练琴了呢!"

"路过。"宋珵喻面无表情道。

"哦——"他尾音拉得老长,"路过啊,也对,琴房呢,在学校东边,操场在西边,根据宋式最优路线法,对对对,是路过是路过!"

他早该看出来的。

"唉!"他扫了宋珵喻一眼,阴阳怪气道,"唉,也不知道那天是谁偷偷摸摸自己做了人家小姑娘的简历,想利用职务之便先斩后奏死皮赖脸套路人家来做助理,结果不巧计划晚了一步……

"也不知道是谁拿着人家本来要投给学生会的报名表不撒手,强行'通过'面试拐来给自己做助理,唉,世风日下人心不古啊!"

"嗨,喜欢就追呗!"

反正看你盯上人家也不是一天两天了!

喜欢就追呗。

宋珵喻掀了掀嘴角。

[好吧,阮阮,我承认,不是路过。]

——宋珵喻

> 你是不是看不出来，
> 我其实在追你？

Chapter 02

1.

军训之后，齐阮的时间宽松了很多。

每次一有空，她就跑去琴房找宋珵喻，除了帮着整理资料和文件以外，还关注大家的身体健康问题。

因为总觉得外卖都是用地沟油，她经常偷偷帮着开小灶，从什么大补汤到养护嗓子的小药膳……整个小乐队的人都沾了宋珵喻的光，圆润了不少，连赵哥都说她简直就是十全小能手，明日之星背后的女人。

陈颂更是摸着肚子上的肉，一脸戏谑："齐阮，你……把我的腹肌都给我养没了,我不管,你要对我负责!"

回应他的,是宋珵喻的一个栗暴。

齐阮一边笑一边收拾了便当盒,然后从书包里摸出自己的《西方经济学》,缩在椅子上安安静静地看书。

"阮阮。"宋珵喻过去合上她的书,揉了把她的脑袋,似乎心情很不错的样子,"要出去玩吗?"

齐阮眼睛亮了亮,不过很快迟疑下来:"不……不用训练了吗?"

"今天放个假!"赵哥抿了口烟,打趣地笑,"托咱们齐大助理的福,今天早上有一个还不错的唱片公司联系了我,如果不出意外的话,等这期舞蹈培训结束后,我们会以乐队形式跟他们签约。"

哇!

齐阮瞬间激动起来。

之前也不是没有公司跟他们联系过,但是几乎没有哪个同意签下整个乐队,所以这次大家才都这么开心。

宋珵喻笑了下,拿过她手里的书合上,然后将人从椅子上拉下来,半拥着她往外走:"想去哪儿?"

"老大你见色忘友!晚上的聚餐你还来不来了啊?"陈颂在身后大声喊着。

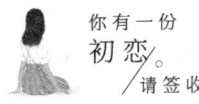

两个人出了门,齐阮把包拿过来自己背上,还特意买了只口罩要给宋珵喻戴上。

宋珵喻不太愿意,他个子很高,齐阮就踮着脚往上够,学着陈颂的语气:"老大啊,您现在可是半个乐坛新星了,粉丝也是破百万的人,出门指不定还有狗仔偷拍呢!"

宋珵喻:"……"

"宋珵喻你不能这样。"齐阮没成功,重新站好,板着脸教育他,"你看,你的目标是星辰大海,所以呢不能总像个小孩子一样耍脾气。跟赵哥、陈颂他们说话的时候也不要总一副冷冰冰的样子,你以后会有很多粉丝,你要学会跟人好好相处,温柔一点大家才会更喜欢你,懂吗?"

她说得其实有点乱,也不知道他有没有听懂自己的意思。

她倒不是真的担心什么被狗仔偷拍啊之类的事情,这本来就是陈颂为了逗她才故意这样交代的。只不过,她是真的想要借这次机会说说他的臭脾气,以后真的步入社会了,特别是他那个圈子,跟现在是不一样的,如果他总是这样一副对人爱搭不理的样子,很容易得罪人的。她不希望他因为自己的臭脾气影响了梦想的发展。

她拧巴着眉头,一副大人的严肃样子。

宋珵喻被她说得有点哭笑不得,也不知道怎么地就从一只口罩发展到这么严肃的问题了。他戳了戳她的脸,然后妥协般弯下腰与她平齐:

"好吧,来。"

他忽然靠近,一张脸近在咫尺,连呼吸都感觉得到。

齐阮紧张地攥了攥手指,心跳加快,下意识往后退了退,手腕却被人拽住。他语气里有笑意,又往前倾了一点,故意逗她:"不是说要戴口罩吗?"

"嗯……"她脸颊发烫,低着头胡乱地把口罩挂在他耳朵上,"好了。"

手腕却没被松开。

"阮阮。"他喉结微动,眼角眉梢里都是深意,"温柔一点就会被喜欢吗?"

齐阮愣了下,才反应过来自己刚才说过这话,她讷讷地点了点头。

"那你呢?"

心脏"怦"的一声,她张了张嘴,却没有声音。

温柔一点就会被喜欢,那你呢?

所以,是她理解的那个意思吗?

"那你呢?"他看着她的眼睛重复道。

"我……"

"阿喻!"一道女声打断她的话。

齐阮回头,看到站在不远处的女人。

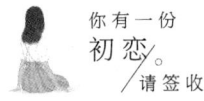

你有一份
初恋。
/请签收

她穿着一袭黑色长裙,妆容精致,臂弯里还搭着件浅咖色风衣,眉宇间有风尘仆仆的味道,看上去像从哪里匆匆赶过来。

宋珵喻变了脸色,直起身子,也没说话,拉着齐阮就要走。

女人却追过来,一把将人拽住:"阿喻,妈妈有话跟你说。"

齐阮见气氛不太对,很识趣地松开他,给两个人留出谈话的空间:"宋珵喻,我先去买瓶水啊。"

他侧头看了她一眼,然后点了点头。

关于宋珵喻的家事,齐阮是不怎么清楚的,过去那几年里,也从来没有见过他的家人。但是从他平日里的行为举止来看,她一直都觉得他应该有很棒的爸爸妈妈和优渥和睦的生长环境。

只不过,今天看来,她的猜想大概只对了一半。

她买完水,慢悠悠地踢着石子往回晃,原本三五分钟的路硬生生让她走了十几分钟。

她回去的时候,宋珵喻和他妈妈竟然还站在原地。

学校门口,出入的人群来来往往,他们两个人似乎在争执着什么,脸色都很不好看。

齐阮捏着一瓶水只好又往后退了几步。

下午起了风,天色阴沉,树叶被吹得哗哗作响,是下大雨的前兆。

她犹豫着要不要回去拿把伞,但是又不确定他等会儿还会不会出去,站在那里纠结了好一阵。

两个人的争吵声隐约传过来。

"我真的不明白这里有什么好。你要做音乐,我也不说什么,你跟我去了那边,条件、设备,妈妈都能给你最好的,难道不好吗?"

"我跟你说了多少遍了,这里不适合你!"

"你是我唯一的儿子,妈妈还能害你吗?阿喻啊,这里边有很多事情你不清楚,但是你相信我,妈妈都是为你好。"

说到最后,宋妈妈甚至有点气急败坏,声音又扬高了几分。可任凭她怎么说,宋珵喻始终都是那副没什么表情的样子。

"我告诉你,你再这么坚持下去,对你一点好处都没有,你早晚会后悔!"

见他实在听不进去,宋妈妈气得抹了把眼泪,一咬牙扬长而去。

"走吧。"宋珵喻扯出一抹笑,顺手接过她喝了一半的水灌了几口,情绪似乎平静了不少,"先去吃饭。"

齐阮下意识想安慰他两句,但是又不知道说什么,只好默默地点了点头。

她往前小跑了一阵招手打车,一回头还能看到他皱着的眉头。

虽然不知道是什么事情,但是……他情绪真的不太好。

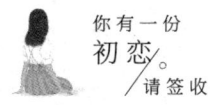

正是下班高峰期,她等了好半天也没打到车,然后又折了回去。

宋珵喻接了个电话,好像是赵哥跟他说了些什么,他抿着嘴角一言不发,等他说完才冷冷地回了句:"她说的话你就当没听过。"

然后,他直接挂断了电话,整个人看上去更烦躁了。

齐阮攥了攥手指,脑海里突然冒出来一个危险的想法。

"要不,"她跑到他面前,仰着头与他对视,然后笑道,"宋珵喻,我们玩个失踪两小时,我今天带你去放纵一下?"

宋珵喻抬眼,眼底的诧异一闪而过,顿了顿,似乎很轻地笑了一下:"好。"

酒吧里一片灯红酒绿。

喧闹的音乐声震耳欲聋,各种年轻人混杂在里边玩命儿嗨,气氛热烈。

宋珵喻跟着齐阮在门口停下,看了看酒吧,再看了看齐阮,一挑眉:"来这里放纵?"

在他的印象里,她从来都是乖乖女,一个人乖乖吃饭、乖乖看书、乖乖考试,并不像会出入酒吧这种地方。

但也不是不能理解,毕竟她都说了,今天带他来放纵。

放纵,不就是做一些平常不会去做的事情吗?

不过,他还是高估了她。

"对啊。"齐阮点头,"你现在有没有感觉心情好一点了?"

宋珵喻:"?"

不是放纵吗?连门都不进这就……结束了?

"你要是没觉得好一点的话,我可以陪你再在这里多站一会儿。"齐阮很大方地说。

宋珵喻:"……"望梅止渴?

她也知道这样是有点那啥,不过,嗓子重要啊。

过了会儿,她也觉得这样可能糊弄不了他,于是慢吞吞地开口:"要是你真想喝酒的话,也不是不可以……"

半个小时后,两个人坐在了公园里。

在广场舞大妈优雅的舞姿和动人的旋律中,齐小助理捧着一大罐已经打开的啤酒递给了旁边的宋珵喻,豪迈地一挥手:"喝吧。"

宋珵喻还是有点不相信她真的会允许自己喝这种刺激嗓子的东西,但是看着货真价实的啤酒罐,还是仰头灌了一口。

然后——

他的表情就有点复杂了。

"怎么了?"齐阮倒是一副很无辜的样子,"味道不对吗?唉,这老

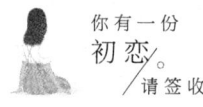

板该不是卖假酒的吧?太坑了,人心不古啊。"

宋珵喻扯了扯嘴角:"……"没看出来世界还欠你一座小金人呢!

最后,两个人在暮色里喝完了两大罐"农夫山泉"味的"啤酒"后,终于打道回府。

临走的时候,齐阮还嘱咐他晚上不要睡太晚。

宋珵喻乖乖应下。

"宋珵喻,"她迈开步子,又犹豫了一下,"你妈妈是想让你去别的地方吗?"

"没有。"

"你别跟她吵架。"

"好。"

"晚安。"

"阮阮,你放心,"他抬手将她拽住,低着头,语气像是在笑,"我哪里都不去,这里有我的梦想,和……"

"同学你还进不进来啊?"宿管大妈突然一声吼,"也不看看几点了!"

齐阮被吓了一跳。

宋珵喻笑了下,将人松开:"晚安。"

"晚安。"

"嘿嘿嘿，齐大助理！"

齐阮刚进宿舍，就被许小诗钩住脖子，柴茜也立马从窗户边蹦跶过来："说吧，发展到哪一步了？别不承认啊，我——'柴·福尔摩斯·茜'可是看到你们俩手拉手回来的！"

齐阮耳根有点发烫，没有这么夸张好吧？

"我都能想到几年之后的场景了！"许小诗一边敷面膜，一边有模有样地模仿主持人，"欢迎大家跟我们一起走进'明星之家'，本次节目我们邀请到了知名歌手宋珵喻背后的女人——结婚多年仍然恩爱如初的貌美贤惠的小妻子齐大阮女士！"

说着，她还冲齐阮做了个邀请的手势："大家掌声欢迎……"

齐阮拍掉她的手。

"哎，别说，"柴茜刷着剧，"还真有那么点意思，哈哈哈！"

[宋珵喻，你知道吗？虽然有些羞耻，但是，我真希望许小诗说的是对的呀。数年以后，你还有你的梦想，和我。]

——齐阮

2.

十一长假就在眼前。

大一的课程不多,军训又刚结束不久,大家都还没有收心。各种社团之类的小组织也纷纷搞起了活动。

周末,1708集体窝在宿舍里讨论起假期大计。

"我们社团组织去龙麓谷玩,可以带小伙伴的那种,你们俩要不要来啊?"许小诗咬着陆执牌爱心奶茶,一眨眼睛,"这可是跟小男神发展感情的大好时机哦!"

"不去,"柴茜在床上挺尸,闻言踢了脚毯子,在枕头下摸了半天手机,"我还得想办法去搞定我的小教官!"

她摩拳擦掌,一副"老娘不把他拿下就改名叫老爹"的样子。

顿了顿,她又回头看了眼齐阮,笑得一脸不怀好意:"阮阮啊,你跟小诗去呗,带上你们阿喻,月黑风高你侬我侬的岂不是美滋滋?"

齐阮觉得她笑得有点……嗯,荡漾。

不过,她确实有点想去,可是宋珵喻下周还有舞蹈课。

"小诗,"她抱着手里的小黄人把玩,"你们什么时候去啊?"

"下周日啊!"许小诗见她心动了,继续游说,"去吧,陆执说那里很有意思的,有山有水有竹林,还有什么漂流啊、溶洞啊、无幕影院啥的……"

她还在继续安利龙麓谷的各种特色,齐阮瞟了眼闪烁的手机屏幕,转过头示意许小诗先暂停,自己接了电话:"喂?"

"阮阮,"宋珵喻笑了下,问,"你下周末回家吗?"

"不回吧,怎么了吗?"

"要不要——"

"龙麓谷超好玩的!"

许小诗听出来是宋珵喻的电话,突地从身后蹦跶起来做起神助攻,笑着冲电话号了一嗓子:"宋珵喻,你周日要不要陪我们家阮阮一起去啊?她很想去的!反正学校也没什么事……"

齐阮脸上有点热,捂住电话,腾出一只手去赶她。

"想去吗?"宋珵喻隐隐约约听到那边女孩子念叨秋游的事情,也猜到了齐阮的心思,没留给她拒绝的机会,继续说,"一起去吧。"

"可是,"齐阮皱了皱眉,"你这周六不是还有课吗?而且结束后还要去跟唱片公司那边的人碰面。"

"没事,我们周六晚上赶过去。"

怕她拒绝,他又补充道:"陈颂也想去玩很久了。"

旁边一脸蒙的陈颂:"……"人在家中坐,锅从天上来。

"你要带齐阮去安城?"

赵哥听了宋珵喻的安排之后,从一堆曲谱里抬起头,一脸震惊又有点无奈:"阿喻,你知道你是去干什么的吗?"

周六在安城有一整天的舞蹈课程安排,晚上七点约了海寰唱片的负责人碰面,如果顺利,晚上可能还要再商议具体的合约问题。

可是齐阮……

赵哥把笔帽扣上,按了按鬓角。

虽然说她算是宋珵喻的助理,但是这只是在学校负责他的日常,一旦他真的签了合约,助理这些都要重新安排。说得难听点,齐阮也只是挂了个助理的名头而已,实在没有带她跟过去的必要。

"阿喻,"赵哥身体后倾,整个人靠在椅子上抬头看向宋珵喻,话说得委婉,"培训也好,签约也罢,这种事情不适合多带闲杂人员。"

"赵哥,"一直没说话的宋珵喻忽然抬眼,目光沉沉,"她不一样。"

他语调平缓,声音从容却坚定,眸底里清冷一片。

她不一样。

他等了好久的人。

周六那天,齐阮跟着赵哥他们一起去了安城。

宋珵喻在路上草草吃了早饭,到了之后直接就跟陈颂他们去了舞蹈室。

　　他早些年学过舞蹈，是有基础在的。原本不过是当作兴趣爱好随意发展，但是前段时间赵哥提起，既然他有意进圈子，不如把这个再捡起来，也算是给乐队再增加点亮点。

　　也巧，赵哥无意中结识了海寰的负责人，对方看到他们的基本资料和舞蹈视频后，也表示愿意考虑以团队形式签下他们进行新人的包装。

　　课程结束后已经是下午六点，跟海寰那边约的饭局在七点，安悦饭店。

　　齐阮跟着宋珵喻他们过去的时候，赵哥那一帮人已经喝了一圈酒了。

　　包厢里人不少，除了海寰的人，还有几个圈内的老前辈和导演，宋珵喻推门进去的那一瞬间，席间好几个人眼前一亮。

　　"来来来，"赵哥见机立马起身，拍了拍宋珵喻指着坐在他旁边的中年人，"阿喻，这是海寰的王牌经纪人陈海陈哥。陈哥，这是我们乐队的队长宋珵喻！"

　　宋珵喻点了点头，过去握手："陈哥好，课程耽搁了，过来得有点晚，抱歉。"

　　……

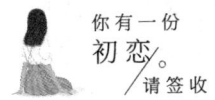

一屋子人相互介绍之后就是推杯换盏间的商业互吹。

陈海喜欢喝酒,谈两句话就要举着杯子喝上一圈。齐阮担心宋珵喻的嗓子,几次替他挡酒,却被连带着灌了不少。宋珵喻中途冲陈颂使了个眼色,让他先带齐阮出去。

她也真的喝了不少。

出了大门,冷风一吹,她整个人都清醒了不少。

许小诗打电话给她,说社团明天早上七点在学校大门口集合,一起坐大巴去龙麓谷,问她跟宋珵喻什么时候回去,要不要帮她占个位置。

齐阮看了眼时间,已经是晚上十点五十多。算了吧。

"没事,小诗,"她揉了揉发烫的脸,"不用占位了,你们去玩吧,我这边时间可能赶不上。"

许小诗那边好像正忙着整理行李,也能理解宋珵喻的事情排不开,叮嘱了她两句没再多说。

挂了电话,齐阮坐在台阶上等着宋珵喻他们出来。

酒精上了头就很容易犯困。

迷迷糊糊中感觉有人拍了她一下。

"宋珵喻?"她下意识抬头,"你好了……"

她话没说完,怔了一下,很快反应过来站起身:"陈哥好。"

陈海笑了下,目光打量着她:"你是宋珵喻的女朋友?"

"不……"齐阮往后退了两步,"不是。"

说完,她往他身后看了两眼,也不见赵哥他们出来,倒是陈海往她跟前追了两步,扶上她的腰:"宋珵喻确实是个好苗子,要是今天签不了这个合约,还真是有点可惜了。"

齐阮不动声色地躲开他的手,对上他别有深意的眼神,也算是听懂他的意思了。

"陈哥你喝多了。"

她一个学生,不善于应付这种事情,但也不想再多跟他纠缠。转身就走,却被人从身后一把拽住手腕,往她手里塞了张房卡:"小姑娘,你不懂男人,他需要的是能对他事业有贡献和帮助的女人,特别是在宋珵喻这个年纪,起点的高低对他来说很重要,如果你愿意……"

"陈哥。"齐阮彻底冷了脸,一使劲挣开他的手,"自重。"

"小姑娘,"陈海有点恼了,冷笑了一声,往前拦住她的去路将人往怀里拽,"你真以为——"

"陈海!"

陈海手腕一痛,被人一把推开,跟跄着退后了好一段距离,抬头对上面色黑得吓人的宋珵喻。他心虚地往后缩了缩,回过神来又梗着脖子嗤笑一声:"宋珵喻,你别忘了你今晚过来是干什么的。"

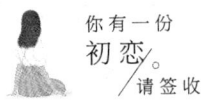

"陈哥。"宋珵喻抬眼看着他,一步一步走到他面前,略一挑嘴角,忽地低声笑了,声音却是低沉冰冷,"喝多了酒就该好好去醒醒酒。"

他敛着眉头,眼底尽是锋芒,明明没说什么重话,气场却阴沉逼人。

陈海瞬间没了气势,却还在逞强:"你就不怕……"

"怕,怎么不怕?"宋珵喻接了他的话,然后转过身把车钥匙递到齐阮手里,语气温和,"阮阮,你先去车里等我,我先去跟他谈谈,等会儿回来我们就去龙麓谷。"

齐阮不放心他,还有点犹豫。

"去吧,没事。"

"哦。"

晚上十二点多的时候,宋珵喻回到车里,还带了一大包零食,然后拿出来一杯奶茶递到她手里:"喝吧,太晚了只在24小时便利店买到这个。"

"你……"齐阮还是担心,"你们谈完了?"

"嗯。"他低头发动车子,神色自然,"你睡会儿吧,到了我喊你。"

齐阮愣了下才反应过来他说的是去龙麓谷:"宋珵喻,要不,咱们不去了吧?"

她还是不放心合约的事情,自己得罪了那个陈海,他看上去没那么大度,她总担心他会在工作上搞点什么事情。

宋珵喻没说话。

"你们,"她吸了一口奶茶,转过头看着宋珵喻,"谈得怎么样了?"

"老大!"陈颂看见这边打开的车灯,跑过来啪啪地拍着车窗,"你还真去啊?哎,你带我一个呗,你不是说我也想去玩很久了吗?"

"不,"宋珵喻没什么表情,抬手去按陈颂的脑袋,"你现在不想去了。"

陈颂:"……"

路灯映着,她一侧脸忽然注意到宋珵喻手腕处的创可贴,以及衣摆下淡淡的一点血迹,她心里"咯噔"一下。

他刚刚,真的只是和陈海谈谈?

她还没来得及多问两句,赵哥他们跟在陈颂身后也过来了。赵哥嘴里咬着根烟,神色有些复杂,想说什么又作罢,叹了口气,最后拍了拍宋珵喻的肩膀。

"嗨,干啥啊你们这一个个的!"陈颂皱了皱眉头,一脸不满,"不就丢了份合约吗,一副要去上坟的样子。就陈海那种货色,别说老大,要换我,看我不弄死他,无耻下作!"

齐阮咬着吸管的动作一僵,目光移到宋珵喻脸上,他抬手揉了揉她的脑袋,笑了下:"别乱想。"

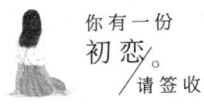

所以,他真的是去打了人?

"就他海寰,签什么签?真以为老子稀罕啊?"陈颂还在嚷着,"什么东西,说好的签团队老子才过来,见了我们老大又说好包装只签他一个?这不,被揍了又说除了老大以外哥儿几个全签,这不明摆着报私仇呢吗,神经病。"

赵哥冲他脑门儿上拍了一巴掌。

"怎么?我又没说错!"他委屈巴巴地看了赵哥一眼,又侧过头去对着其他几个人,"话我放这儿了,反正我不签,这辈子老子都不去海寰。你们几个看着办呗,要想去的话……"

"不是,陈颂你当我们哥几个什么人啊?"鼓手阿凯抹了把胡子,"老大为了带我们,都不知道拒绝了多少公司了,我要有多没良心就这么签去那个什么破海寰啊?"

另外两个人也附和接话:"而且这种说话出尔反尔、毫无章法的公司,说真的,真不值得我们去。"

赵哥手里的烟燃尽,他捻灭烟头:"行了,事已至此就别再说了,你们把心思好好放在下个月的比赛上,拿了冠军到时候等着海寰那边跪着回来请你们!要是再敢给我整出别的什么幺蛾子,看我到时候不揍死你们!"

他推搡着还想再勾搭宋瑆喻的陈颂他们,然后回头看了眼宋瑆喻:

"路上注意安全。"

"嗯。"宋珵喻敛眸应着,手下打一把方向,车子掉头,转弯上路。

夜里有风,吹得外面的树枝哗啦啦作响,映着路灯在车窗上投下斑驳的影子又飞速后退。

"想什么呢?"宋珵喻把左边的车窗关小了一点,看看旁边一言不发的小姑娘,戳了戳她的脑袋,"安全带系上。"

"你也听到陈颂说的了,"他看破她的小心思,又说,"跟你没什么关系,就算今晚你没过来,这合同也签不了。"

齐阮默默地系上安全带。

她听明白了。

海寰之前虽然答应考虑以团队形式签下他们,但是今天在见到宋珵喻之后又改了口,愿意开出更好的条件,但是只签宋珵喻一个人。很明显,跟之前其他公司想法一样,毕竟单人比团队要好包装也容易走红很多,更何况宋珵喻本身底子就很好。

大家本来就不太乐意。

结果又出了她这档子事,宋珵喻揍了人,陈海心里积怨公报私仇,故意改口愿意签下团队但是要踢掉宋珵喻一个人。意图很明显,就是为了让他难堪,原本大家都抢着要的队长,在签约时被公司单独刷下去,

传出去多尴尬。

可是……

齐阮心里还是有点过意不去,她心不在焉地吸着奶茶,目光一直落在他手腕上。

"没事。"宋珵喻腾出一只手来拍了拍她的脑门,把手腕递到她面前,"手腕是刚才不小心蹭到柜台上了,划了个小口子。"

他笑:"故意贴个创可贴就是为了让你心疼!"

[动手的时候,我以为我第一次打破了底线。现在回过神来才意识到,阮阮,你才是底线。]

——宋珵喻

3.

龙麓谷风景很美。

峡谷曲折蜿蜒,有一条小溪流顺着山谷流下来,下边是开阔的草地,秋意还未深,周围零零散散还开着很多野花,清新又漂亮。

大家好不容易从学校里放出来,心情都嗨得不行。

齐阮和宋珵喻收拾了东西赶过去的时候,社团里那一帮人已经找到地方架起了烧烤架,旁边还有人在找地方扎帐篷,叽叽喳喳,热闹得不行。

下了车,齐阮深深地吸了一口气,感觉任督二脉都被打通,通体舒畅。

许小诗隔着老远看到齐阮,立马放下手里拆到一半的鱼竿扑上来:"阮阮,你不是说不来了吗?"

"不放心你啊。"

齐阮有点心不在焉,随手接过宋珵喻拎着的大包零食递过去,看了眼跟在许小诗身后正认真帮她收拾鱼竿的陆执:"我特意来给你们俩做电灯泡!"

"呵,女人!"许小诗白了她一眼,毫不客气地撕开一包薯片,瞟了瞟她旁边的人,"你确定你不是为了来撩小男神?虚伪!"

齐阮暗暗戳了戳她的胳膊,示意她小声一点。

宋珵喻将她的小动作尽收眼底,扬了扬嘴角,也没戳穿。等许小诗走得远了点,才转头俯身,压低声音问她:"你有什么计划?"

齐阮戳着手里的酸奶盒子,没反应过来,张了张嘴:"啊?"

"你没做计划吗?"他装作一副很诧异的样子,眼底却藏着笑意,"搞定我的计划,还没有打算好吗?"

齐阮"唰"地红了脸:"不是,许小诗乱说的,我没有……"

"没有什么?"宋珵喻起了逗齐阮的心思,故意又靠近了一点,垂眸看着她,"没有做好搞定我的计划?还是没有想要搞定我?"

他靠得很近,温热的呼吸近在咫尺,低哑的声音里染着笑意,戏谑味十足。

齐阮绞着手指,刚才还惦记着昨晚事情的大脑现在忽然一片空白,站在那里好半天都没动。

半晌。

宋珵喻低声笑出来,轻轻拍了拍她的脑袋:"走了,别想那么多。"

她愣了下,这才反应过来,他刚才故意的举动,就是为了转移她的注意力。

"来了就好好玩,"他走在前边,背对着她,"我带你过来可不是为了让你为一些没什么必要的事情自责反省的。"

"哦。"

她揉了揉发烫的耳垂,抬脚追上去。

这次出来,除了宋珵喻和齐阮以外,其他人都是跟着社团组织一起出来的,再加上美术专业的学生为了找地方写生,也跟着来了不少。

这么一眼望去,整个山谷零零散散全是C大的学生。

齐阮他们过来得急,除了零食以外什么都没带。

于是,佛系郊游二人组被许小诗拖去给陆执打下手扎帐篷。

旁边几个女孩子眼尖地看到宋珵喻,放下手里的东西就凑过来搭讪,还有的问他今晚会不会在这里留宿,自己可以把帐篷借给他之类的。

许小诗嫌她们吵得慌,索性拿了鱼竿拖着齐阮去钓鱼。

但是,还是没能躲得开广大女性朋友的热情。

宋珵喻在大家眼里一直都是高冷的形象,一帮女生围着他半个下午也没能讨到一点好处,于是纷纷把目标转移到了齐阮这里,各种搜寻八卦。

齐阮也知道她们没什么恶意,只是单纯地想打探点男神的消息,就随便扯了点乐队里无关紧要的琐碎小事跟她们聊了会儿,把人打发走。

"阮阮!"许小诗看着空空荡荡的小水桶,不满地嘟囔,"你看,我们一条鱼都没钓到,都怪她们一直吵吵,把我的鱼都吓跑了。"

齐阮:"……"难道不是因为你钓了一下午都没发现自己根本没有放鱼饵?

倒是宋珵喻和陆执他们去了旁边不远处的小河里,捞到了不少鱼和小螃蟹之类的。

——全部贡献给了晚上的篝火晚会。

等到大家七手八脚地把啤酒瓜子小板凳通通都准备齐全了。

有人提议玩起经典小游戏——"真心话大冒险"！

许小诗和齐阮都不看好这个，结果投票选择的时候，竟然以高达百分之九十五的票数通过了。

好吧。

也不是不能理解。

今晚宋珵喻在场，女生大概都想利用这个小游戏跟男神有个互动，没有的话，打探一点小秘密也是好的啊。

至于男生——

"哎，我们无所谓啊，女士优先，女士优先，我们只管热闹就行！"

求生欲可以说是真的很强了。

宋珵喻坐在旁边专心致志地帮齐阮烤着鱼，时不时侧头看一眼哄闹的人群。也不知道她们问了什么，齐阮憋红了一张脸也是没开口，最后果断地干了一罐啤酒。

这个小疯子。

他把烤好的鱼盛出来，刚起身，手机振动了。

他扫了眼屏幕，把鱼递给旁边的陆执，示意自己过去接个电话。

"赵哥。"

宋珵喻找了个偏僻的地方，抬眼正看到陆执把手里的鱼递给人群里的许小诗和齐阮，然后众人又哄闹了一番："什么事？"

"珵喻，"隔着电话，赵哥的声音听起来有点模糊，"小阮在你旁边吗？"

"不在，你说吧。"

电话那边有呼啦啦的风声，隔了很久，他才叹了口气："珵喻啊，我说这些话你可能不愿意听。我也知道你有才华有能力，眼界高，但是作为过来人，赵哥还是想提醒你一句，凡事都要懂变通。"

宋珵喻明白他的意思，没说话。

"昨天晚上你跟陈海动手，因为他纠缠小阮，这事我也能理解。再者，海寰本身也就那样，合约我也不想说你什么。一直以来你为人处事我都很放心，但是珵喻，我想提醒你的是，做人不要太感情用事。"他顿了顿，"你有没有发现，自从小阮来了以后，你整个人都变了。"

宋珵喻动了动嘴角，最终还是没说什么。

"我不是在怪你什么，"赵哥继续说，"可是珵喻，你不要忘了你的梦想、你的目标。感情是很重要，但是它不能影响到你的前途和事业。昨天那件事，你那么冲动，上去就给人揍进了医院，有没有想过或许只是误会呢？他并没有对小阮做什么对不对？而且，那只是海寰，一家小公司，如果换了是欧塞呢？"

你有一份
初恋。
/请签收

他握着手机,敛眸沉默。

欧塞是业内最有影响力的公司,也是他下个月要去参加的比赛的主办方,如果能签入欧塞,无疑他会得到最好的资源和创作条件。

"你一拳下去是出气了,但是你的未来全毁了。"赵哥说得自己都有点上火,"你自己考虑清楚,我不希望你被儿女情长这种事情绊住脚步。"

"你放心,我有分寸。"

"最好这样。"赵哥迟疑了一下,又说,"还有,单独签你的事情我建议你也考虑考虑,毕竟像我们这种业余乐队,整个被签下来的可能性真的不大,你不要太固执了。"

"我知道了。"

"珵喻,你妈妈给我打过电话了,说想要你和……"

"赵哥,没什么事的话我先挂了。"

他面上没什么表情,没等对方再说下去,直接挂了电话。

篝火晚会还在继续。

他看着人群里被火光映得满脸通红的小姑娘,她一只手还抱着那盘没吃完的烤鱼,另外一只手里拿着一罐没喝完的啤酒,面前稀稀拉拉已经丢了不少啤酒罐,整个人摇摇晃晃地靠在许小诗的身边。

旁边还有人打趣:"小学妹,我听说你开学那天可是直接就成了宋学长的小助理,可是我们连消息都没有收到过,你是不是走了什么内部渠道啊?"

"我……"她揉了揉眼睛,"我那天是走错了楼。"

"你真没有一点私心啊?"有女生拽着她的胳膊不肯罢休,"不是喜欢宋珵喻?"

她没说话了。

"不是,我看着你成天往琴房跑,"有人插话,"还以为你们在一起了呢?而且你看,这次这么小一个活动,谁喊得动他啊,可是你跟宋学长一起过来了哟?"

"一次游戏只能问一个问题。"齐阮还保持着最后的理智,"刚刚已经问过了,这轮游戏过!"

最开始选定玩这个游戏,大家也都是冲着宋珵喻去的,结果男神离场,所有的八卦就都一股脑儿地对准了他身边的小跟班齐阮。

齐阮也是个实心眼,有些问题避不过去就老老实实喝三罐啤酒。

没多久整个人就有点飘了。

宋珵喻皱着眉头推开人群,进去一把将人捞进怀里,轻轻拍了拍她的脸:"阮阮?"

"嗯?"她也抬手拍了拍他的脸,"宋珵喻?"

许小诗简直没眼看,推着两个人就往外走:"你赶紧把人带走吧,

你有一份
初 恋。
请签收

阮阮太老实了净被这些家伙欺负。"

这个时间,早已经过了宿舍门禁,学校肯定是回不去了。

宋珵喻在手机上找了家酒店,一路背着她往山下走。

夜风很凉,他用衬衫将人裹住,她酒劲上来整个人晕晕乎乎的,老老实实趴在她背上一动不动,乖巧得不像话。

"阮阮?"他侧过头喊她,语气有点无奈,"你是傻子吗?"

"嗯?"

"阮阮?"

"嗯。"

"我们是什么关系?"

她不说话了。

虽然喝了酒有些飘忽,但是她的意识还算清醒。

两个人沉默了一路。

到了酒店门口,宋珵喻绕到副驾驶位置替她打开车门:"阮阮。"

他喊住她:"你怕我吗?"

齐阮起身下车的动作忽然一顿,一时走神,脑门儿磕到了车顶上。

有人比她动作更快一步,轻轻揉着她被撞到的地方:"或者阮阮……"

他扶着她,俯身看着她的眼睛:"你觉得我对任何一个女生都会这么好?"

语气低沉清冷,又带着一丝丝不易察觉的委屈与情深。

她攥了攥手指,心跳加速,不知道是不是酒精的作用,她只觉得有点天旋地转,脸颊烫得厉害,一直绵延到耳根。

有那么一瞬间,齐阮觉得这是自己酒后产生的错觉,暧昧又温情。

"没有。"她小声嘟囔了道。

没有怕你,也没有觉得你对谁都这么好。

"宋珵喻……"她揉了揉鼻子,压着失控的心跳,豁出去了一样,顺势抬手抱住他,小声呢喃着,"你是不是看不出来……我其实在追你?"

"砰"的一声。

不知道什么地方放了烟花,一簇簇地争先恐后地涌入漆黑一片的夜空里,绚丽又动人。

他没听清楚她的话,但是感觉到腰上小姑娘轻微的力道,不自觉地弯了弯嘴角。

齐阮一颗心忐忑得厉害,手指都在轻微战栗,生怕是自己的一厢情愿,生怕是对他每一句话的暧昧的曲解。

半晌,没听到他再说话。

她心里一凉,慢慢松开手,正想着怎么解释自己的举动才能不那么

你有一份
初恋。
/请签收

尴尬。

  周身忽然一暖,他用更大的力道回抱住她,她愣了下,仰头去看他,嘴角却忽地落下温热的触感,转瞬即逝。

  他的笑意直达眼底,情动又温柔。

[那晚我见过这宇宙间最漂亮的星星,就落在咫尺之间。]

——齐阮

> 等比赛结束之后,我们就
> 在一起吧。

Chapter 03

1.

第二天。

齐阮刚回学校,迎面撞上刚从宿舍下来的柴茜,打招呼的话还没说出口,就被一把拉到了旁边的楼梯拐角处。

"干什么呀,茜茜,"齐阮被她拽着坐到了台阶上,"你被人追杀了?这么偷偷摸摸的?"

"放屁!只有老娘追杀别人的份好吗……啊呸,你别转移话题!"她两只手按着齐阮的肩膀,一副要审讯的架势,然后从兜里摸出手机在

你有一份
初恋。
请签收

屏幕上戳了半天，递到她面前，"你看！这是你和宋珵喻吧？"

照片里男生低头侧站着，双手覆在女生背后，将人整个环在自己怀里，气氛暧昧，再往下翻，是两个人接吻的照片……诸如此类的照片一连放了十几张连拍，背景里××酒店的灯光标志，格外醒目，特别是照片角落里还有拍摄时间——00:15。

因为拍摄角度问题，看不太清楚女生长相，但是宋珵喻的侧影很清楚，他个子很高，辨识度太强。

齐阮往上翻了翻，C大贴吧里这条帖子点击率已经爆表，还被特意置了顶，标题是：震惊！深夜偶遇男神疑似与醉酒女友出入酒店……

楼主放了几张镇楼图之后，开始一本正经地盘点照片里的信息点，来证明C大男神宋珵喻确实已经名草有主。

不管分析真假，这种八卦消息总是能吸引一大批吃瓜群众。

从帖子放出来到现在也不过几个小时，下边已经有了几千条评论。

齐阮草草看了几眼，有求楼主扒女主身份的，也有搬出各种证据怒怼楼主的，还有些纯粹的键盘侠阴阳怪气地说宋珵喻睡粉，然后声讨他人品的……

她披着马甲试着澄清了几句，结果立马被各方势力怼得不像话。

"哎，阮阮，"柴茜一把把手机从她手里抽走，"那些不好的评论你就别看了,你就跟我说这是不是你和宋珵喻。要真是的话,咱得想想办法吧?我怕你被那群女疯子扒出来撕了……"

这事说大不大,说小也不小。

齐阮明白柴茜的意思。

说到底,这不过就是C大的一个热门帖子,满足下广大群众的八卦心。但是宋珵喻人气不低,且不说万一她被人肉有多可怕,她更担心的是,宋珵喻马上要去参加比赛。上次陈海的事情已经是一个教训,这个节骨眼上,她不希望有任何不好的言论影响到他。

她把手机拿回来,再看了两眼,然后问柴茜:"这帖子能删吗?"

柴茜见齐阮这反应,大概也明白了照片上是这俩人没跑了,她想了想:"我先联系楼主,看看能不能删掉这个,如果实在不行的话,我们再想别的办法。"

见齐阮没说话,柴茜又宽慰她:"没事,不就是一八卦帖子嘛,那楼主就是想刷一波存在感,激不起什么浪花的!"

许小诗提着饭从楼下跑上来,看到齐阮和柴茜坐在楼梯口,一脸诧异:"不吃饭啊?你们俩在这儿干啥呢?准备开大会?"

柴茜把事情跟她简单说了下。

"我当什么大事呢!"许小诗松松手里的袋子,钩着她们往宿舍走,"不就一个帖子嘛,搭理它干什么?反正你们家阿喻以后是要火的人,

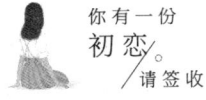

你有一份
初恋。
请签收

你还不得早点习惯?

"你要这么想,至少你现在已经收获了小男神的芳心对不对?"

"走啦,走啦,我请你吃猪肉炖粉条,陆执给我弄的,肉特多,我等会儿分你一个大的!"

齐阮:"……"好吧。

下午还有一节公共课。

齐阮一进教室就听到大家七嘴八舌地讨论各种八卦,说起贴吧里边爆照的事情。

"哎哎哎,难道你们没有注意到时间吗?"有女生插话,"拍摄时间凌晨哎,你想想,大半夜的一个男生跟一个女生站在酒店门口搂搂抱抱的,接下来发生什么,用脚指头都想得到好吗?真不知道你们有什么好争的!"

"难道只有我一个人注意到了酒店旁边闪闪发光的'成人用品'那几个字?"

"歪了歪了!你们这群人思想怎么这么龌龊啊?照片里的男生是谁?是宋珵喻!宋珵喻好吗?他是那种乘人之危的人吗?你们不也说了那女生看上去像喝多了吗?大半夜的我们学校宿舍肯定关门了呀,学长总不能把人丢大马路上吧?"

"所以就带人去开房了呗!"

"你早上没刷牙啊?嘴巴怎么那么臭呢?你以为人家跟你一样猥琐啊?嫉妒让你面目全非!"

"所以没有人关注这个神秘女生是谁吗?不管怎么样,看这样子两人关系肯定不一般啊!"

"……"

齐阮有点心虚,低着头默默地找了个空座位坐下来。

可是,怕什么来什么!

齐阮刚翻开书,就被旁边人一把抽走:"哎,齐阮,你不是认识宋学长吗?有没有什么内部消息透露一下啊?"

"对啊,对啊,"一大帮人立马都拥了过来,"宋学长到底有没有女朋友啊?"

"我听我朋友说,你们那天跟着那个什么户外拓展社团去龙麓谷玩了,学长有没有带女孩子去啊,你见过他女朋友了没?"

齐阮:"……"他……就带了我。

"那个,"她重新把书拿回来,抬头道,"贴吧里讨论酒店什么的都是骗人的,'开局一张图,后边全靠编'的道理你们不懂吗?学长每天忙都忙不过来,哪有时间谈恋爱?快上课了,还是别八卦了。"

"真的吗?"有人还是不死心,一把扣住她的书,"齐阮你跟我们多

你有一份
初恋。
请签收

说点呗,看你平时跟学长挺熟的……"

齐阮有点烦了,实在懒得搭理这些人,用力把书往回抽了抽,结果没拉动。

"哎,齐阮,你跟我们透露点八卦会死啊?"对方也有点不耐烦了,白了她一眼,不屑道,"我就不相信你对学长没有一点想法?搁这儿装什么清高,以为这样就能吸引他的注意力了吗?"

齐阮这下真来了脾气,抬手"咣当"一下直接把书打翻:"你——"你脑子里装的是屎吗?

"想知道什么八卦怎么不来当面问我?"

她话还没说完,突然一道熟悉的声音从教室门口传进来。

上一秒还沸腾的教室瞬间安静下来。

齐阮顺着大家的视线看到正走进来的宋珵喻,他手里还拿着一本书,抬眼淡淡地扫了一眼议论纷纷的人群,语气清冷又凌厉,分明没什么表情,却透着逼人的震慑力。

刚才还梗着脖子的女生瞬间气势全无,红着脸弱弱地喊了句:"学……学长……"

宋珵喻看也没看她一眼。

他径直走过来,俯身捡起地上的书递到齐阮手里,顺势在她旁边的空位上坐下,瞥了眼还往这个方向盯的女生们,淡淡道:"你们是……

不打算上课了吗?"

齐阮一颗心七上八下的,纠结又懊恼。

她默默地往旁边移了点,做贼心虚地跟他保持距离。

他一个学音乐的,过来蹭这么一节无关痛痒的公共课是想干什么啊?

偏偏还是在这么个八卦泛滥期。

她越想越觉得心虚,又默默地往旁边移了一点。

宋珵喻被她给气笑了。

他表面上还是一副面无表情的样子,手上却推着书跟着她挪了一点。

齐阮:"……"你这么幼稚的吗?

"不是,"到底还是她先绷不住小声开口,"宋珵喻,你过来干什么呀?"

"没事啊。"他回得云淡风轻又理所当然的样子,"就过来看看你。"

齐阮干巴巴地咳了两声,红着耳朵移开了视线:"不是,你不知道……"

"咚咚咚——"

老师敲了敲桌子:"上课了好吗,同学们,吃东西的、聊天的、打游戏的都暂停一下,OK?我这么庞大的躯体还吸引不到你们的注意

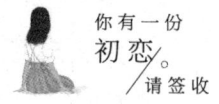

力吗?"

大家看了眼身材魁梧的老师,哄笑了一声。

"还有后排那两个同学!"老师继续道,"你们中间留那么宽的位置是准备给我坐吗?补齐补齐!"

齐阮:"……"

她只好默默地又移了回来,抬头撞上宋理喻似笑非笑的眼神。

下午上完课,齐阮悄悄跟着宋理喻去二食堂吃饭。

谁说长得好看不能当饭吃的?

她每次跟宋理喻一起过来的时候,食堂大妈盯着小伙子笑得乐呵呵的,连舀鸡块的手都不抖了,还动不动就暗戳戳地给他加点量,不忘搭两句话:"小伙子长得真心疼,多吃点哈,不够了再跟阿姨说,想吃什么我再给你加!"

齐阮分食了来自食堂大妈的爱心加餐,但心里还是放不下贴吧的那些事情。

两个人在操场散步消食的时候,她还是没忍住把贴吧那件事跟他说了。

结果——

"你都没有一点反应的吗?"齐阮看着旁边面无表情的人,戳了戳他的手臂,"有人说你睡粉啊大哥!"

"嗯。"他不急不缓地走在前面,漫不经心地应了声,嘴角噙着笑,"这不是还没睡到嘛。"

齐阮没听清楚,往前追了两步:"什么?"

"没什么。"他笑了下,"阮阮,我这段时间都要训练,可能会晚很多,所以,这几天你不用特意等我吃饭了。"

她点了点头。

两个人一前一后地走着。

天色渐渐暗下来,两边的路灯依次亮起,一场雨过后,路上积了些叶子,盛夏已经过去,晚风染了些秋意。

"阮阮。"宋珵喻收了脚步,回过头来看着她,"我要是赢了比赛,我们……"

话音未落。

身后的女寝楼下响起一阵低呼。

齐阮注意力被吸引,宋珵喻也顺着她的视线看过去。

"陆佳颖,我喜欢你!"

一圈心形的蜡烛中间站着个穿黑色外套的男生,他抱着一把旧吉他,双手环在唇边做喇叭状,仰头对着女寝某一层楼喊:"我喜欢你很

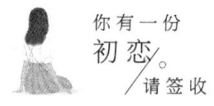

久了!"

俗烂的告白场景,男生站在盈盈闪闪的烛光里,将直男式浪漫贯彻到底。

很多人围拢过去凑热闹,楼上前前后后也有不少窗户打开,好多女生探出头来看。

女主角迟迟没有登场。

男生也不恼,调了下音,拨了拨琴弦,又扬了扬头:"1512 宿舍的陆佳颖,我是 17 级计算机系的陈熠,我……"

"17 级的陈熠?"两个身穿制服的保安大叔过来,扫了一眼满地的蜡烛,"好,我记住你了,骚扰女生,故意制造安全隐患。明天早上八点,记得去教导处交检讨!"

人群里迸发出一阵低低的哄笑声,在保安大叔的轰赶下渐渐散开。

齐阮站在小花坛的边缘上,捂着嘴偷笑:"保安大叔真不解风情,哈哈哈!"

"你说刚刚那个女孩子在几楼啊?"她站在那里仰着头往楼上看,微微抿着嘴角,神态认真,发尾随着她的动作一晃一晃的,随口问道,"宋珵喻,你们男生是不是都喜欢这样跟女孩子告白啊?"

宋珵喻喉结滚动,走过去将人扶住:"不是。"

"嗯？"齐阮收回视线，从花坛上跳下来，自言自语，"我都见过好多次这样的告白了，还以为……"

"阮阮。"他打断她的话，别过头看了眼还没走远的男生，"想听歌吗？"

"什么？"

她刚站稳身，宋琤喻已经跑出去很远，好像跟刚才那个男生说了什么，然后拿了他的吉他回来。

齐阮笑了下，反应过来他刚才说了什么，然后用纸擦了擦身后的台阶，顺势坐了下来，一副洗耳恭听的小听众模样："宋琤喻，看我看我，我是你的头号粉丝，等你以后开演唱会了，我要VVVIP座位！"

"好。"他也笑，然后低头摆弄着琴弦。

轻缓零碎的前奏声响起，是她没有听过的曲调。

没有填词。

他站在阴影里，跟着节奏轻轻哼唱，神情专注，目光沉沉，让人忍不住驻足。

齐阮看着，无端想起高中的时候，有老师曾说他天生属于舞台。

是吧，他生来就该站在舞台中央，闪耀万人的光。

最后一个尾音收起。

"好听！"

你有一份
初恋。
请签收

齐阮脑袋凑过来，眯着眼睛笑："这是你的新歌吗？"

"嗯。"他应着，"喜欢吗？下次填了词再唱给你听。"

"好。"她喜滋滋地满口答应。

宿舍阿姨在催着门禁了。

齐阮应了一声，然后看着宋珵喻："那，我先回去了，你这几天好好训练。"

"嗯。"他站在原地看着她转身上了宿舍门外的台阶，忽地追上去两步，"阮阮！"

"嗯？"她顿住脚步，回头看他。

"等比赛结束之后，一起过平安夜吧，还有……"他顿了顿，半晌，扯着嘴角，"算了。"

等结束之后再说。

她却笑了，接着他没说完的话，应道："好。"

等比赛结束之后，我们就在一起吧。

好。

[我有一瞬间挺羡慕那个男生的，阮阮。]

——宋珵喻

2.

比赛定在十一月底。

齐阮当天有专业课课题展示。

时间冲突,她没有办法去现场,只好偷偷在老师不注意的时候给宋珵喻发消息,让他好好比赛。

彼时,他正坐在化妆间里,收到她的消息时弯了弯嘴角,回了句好。

赵哥在旁边紧张得满头大汗,一边不停地喝水一边嘱咐他们:"放轻松,心态要稳住,你们只要正常发挥,肯定不会有问题的,不要紧张啊。"

"赵哥,"陈颂还不忘插科打诨,"你又不上场,你能不能不要这么紧张啊?本来不紧张的,我现在看到你就想上厕所!"

"放屁!谁紧张了?"

"你都抖出癫痫病了!"阿凯毫不留情地戳破他。

宋珵喻笑着拍了拍赵哥的肩膀。

放在旁边的手机振动起来,他随手抓过来按下接听键:"阮阮,你不是……"

下一秒,他冷了脸色:"没什么事我先挂了。"

"阿喻阿喻你别挂!"女人的声音里带着乞求的味道,"求你了,你

你有一份
初恋。
请签收

"先别挂,妈妈就跟你说几句话。"

赵哥他们相互看了一眼,交换了个眼神,先后去了外边。

宋珵喻压着不耐烦的情绪,拖了把椅子又坐下来。

女人情绪稍微稳定了一点:"阿喻你跟妈妈走吧,不要参加那个比赛了好不好,你就听妈妈这一次,跟我去奥地利,你想要什么都行,我帮你想办法。"

"不去。"

"你不是喜欢音乐吗?"那边不知道打翻了什么东西,发出一阵破碎的声响,她也着急起来,"那边我认识好几个朋友,在业内都很有名声的,你跟妈妈一起去,我找人指导你好不好?还有比赛,你只要跟我去那边,你做什么妈妈都不拦你,真的。"

他皱了皱眉头,耐心快要消耗殆尽。

最近几年,他跟家里的关系越来越僵,有时候他甚至怀疑,高考之前父母的恩爱都是装给他看的。明明亲戚朋友眼里的模范夫妻,也不知道从哪一天开始,有了无尽的猜疑和争吵,父亲整日忙于生意夜不归宿,母亲满世界到处飞,并且不遗余力地劝说他跟自己一起出国去。

好像除了这一点以外,他们之间就再也没有其他的话题可以讲。

"阿喻,你在听我讲话没有?"电话里伴随着玻璃杯被摔碎的崩裂声,女人的声音再次提高,"宋珵喻我告诉你,我再跟你说最后一遍,我已经喊陈叔去接你了,你等会儿直接来机场,我告诉你……阿喻你听妈妈的,你不走就没机会了,来不及了,你会后悔的……"

"嘟——"

他没听下去,直接挂断了电话,整个人后仰,靠在椅子上按着眉心。

她大概是疯了吧。

他想,等比赛结束之后,他再去好好找她谈一谈。

不到一分钟,她又打电话过来。

"珵喻,该上场了。"赵哥抹了把汗涔涔的额头,进来喊他。

"嗯。"他看了眼闪烁的屏幕,然后按了关机。

也不知道是不是因为记挂着比赛的缘故,齐阮一整天都觉得有点心神不宁的。

以往最忌惮的老师的课上,她都好几次走神。

"到你了,到你了!"旁边的女生小心翼翼地戳了戳她的胳膊。

"啊?"齐阮回过神来,急急忙忙地翻书,"刚刚问了什么呀?"

"学号后两位为30的同学的右后方四十五度方向数第三位女同学!"戴着眼镜的老师不耐烦地敲了敲桌子,目光落在齐阮身上,露出标志性的冷笑,"怎么?神游呢?没睡醒的话要我帮你批个假回宿舍去睡吗?"

你有一份
初恋。
／请签收

齐阮从座位上站起来。

"呵,我当请不动你呢!"老师一脸讥讽,"年纪不大耳朵还不好!我再重复一遍,劳您大驾,给我们分析一下这个案例中三位经理提出的扭亏为盈的对策,各自出于什么角度,分别有什么利弊,以及针对车辆调度问题中出现的矛盾你有什么解决的措施?"

齐阮提前做过案例分析,只不过现在很突然被喊起来,现在看着PPT上表格里的一堆数据,只觉得脑子里乱糟糟一片,凭着感觉说了几点看法。

老师对她走神这种事本身就很不满,还想再挑点刺。

下课铃响。

他冷哼了一声:"回去做好准备,下节课你来讲案例。"

齐阮也顾不上这些,随口应了一声,抓起手机就直接冲出了教室。

比赛进行到下午才结束。

宋珵喻他们是唯一一个直接晋级到决赛的乐队,舞台上的几个年轻人几乎抓住了台下所有评委的目光。

赵哥激动得跑了好几趟厕所,遭到陈颂的无情耻笑。

宋珵喻拿了手机,有妈妈的几十个未接电话,他不放心,电话再打过去对方已经是关机状态。

"宋珵喻?"他换了衣服出来,被一身西装的胖男子拦住,"你好,我是这次活动的赞助商欧塞娱乐的负责人秦兆。"

宋珵喻认识他,握了握手:"秦老师您好。"

"是这样的,我跟公司其他几个前辈都很喜欢你们的作品,所以想问问看你们有没有意愿加入我们欧塞?相信欧塞的实力你应该也有了解过一些,别的我不敢说,但是像你这样有实力的年轻人,我保证不会屈才,如果可以的话,下周一我们谈下合约的事情?"

赵哥疯狂冲他使眼色。

宋珵喻应下来,双方交换了联系方式,临走的时候,秦兆还特意从赵哥那里拿走了宋珵喻的资料。

"直接谈合约!"赵哥乐得褶子都出来了,"珵喻,知道这意味着什么吗?这基本上就相当于板上钉钉了!欧塞跟海寰可不是一个档次的……"

一帮人絮絮叨叨讲起签合约和去吃庆功宴的事情。

宋珵喻有点走神,想到手机上那十几个未接来电,心里总觉得有点不安。

"赵哥我有点事,"他跟赵哥打了个招呼,"你们先去,我晚点到!"

"别迟到啊老大!"陈颂老远补了一句,"你现在可是我们的扛把子!"

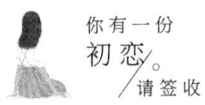

这次比赛声势浩大，又是现场直播，观众流量相当可观，随着乐队成功晋级，所有人的目光都被队长宋珵喻吸引，他凭借干净澄澈的声音和高颜值圈了一大波女友粉。

当晚，宋珵喻就被冠上"理想男友"上了热搜。

而随着他一起发酵的还有绯闻舆论。

最开始是有人爆出宋珵喻是C大的在校学生，为了证明自己的说法，对方晒了微博九宫格，都是他在C大很多地方出入的照片，但重点在最后一张：男生抱着一把旧吉他，身后是一地盈盈闪闪的心形烛光。

细心网友展现福尔摩斯式侦查能力，在一片漆黑的背景图里仍然通过种种线索推断出他正是在C大十号女寝楼下……于是，疑似男神恋情曝光的照片也被推上了热搜排行榜。

吃瓜群众的力量总是惊人的。

随后又有人挖出了C大贴吧里那条原本已经沉寂下去的"深夜酒店"帖子，有好事者全凭一张图开始各方面的揣测，关于睡粉的说法最受争议。

宋珵喻的女友粉开始跟键盘侠狂撕。

决赛还没开始，他已经承包了热搜榜。

各种舆论铺天盖地。

宋珵喻刷着手机,看网友各种扒恋情女主角的事情,心里越发不安。

他给齐阮打了个电话,那边很快接通:"宋珵喻?"

"阮阮,"他垂眸打开平板电脑,一条条评论看过去,"你别担心,网上这些东西你不要去看,我很快处理好。"

"没事。"齐阮扯着笑,一边冲旁边的柴茜打手势,末了又回过头对着电话转移话题,"我还没有恭喜你们进入决赛呢!宋珵喻,恭喜你。"恭喜你离梦想又近了一步。

"阮阮,"听着她的声音,他心里忽然就松了不少,情绪被她感染,语气也轻松了很多,"也恭喜你。"恭喜你马上成为"理想男友"的女朋友。

齐阮愣了一下,很快反应过来他的意思。

有电话插进来,她匆匆跟他说了两句,嘱咐他做事小心,然后挂断了电话。

"阮啊,"柴茜和许小诗一脸崩溃地坐在旁边,"我们已经换了快二十个马甲了,根本解释不过来啊,怎么办?"

"还有还有,"许小诗举着手机,"你可能被人肉了。"

齐阮长长地呼了一口气,也不知道想了些什么,眼神慢慢凉下来。

家里的电话还是打不通,爸妈的手机都是关机状态。

宋珵喻想到早上那通电话里妈妈的语气，隐隐有种不祥的预感。结果刚放下手机，他就接到秦兆的电话，说是事出突然，现在正是处理舆论的黄金时间，所以希望他现在立刻赶回去谈合约的事情，这样方便欧塞操作。

他答应下来，在路口掉头又往回走。

他相信欧塞的办事能力，但是心里还是觉得古怪。虽然现在舆论在发酵，倒也不至于说事出突然要这么急着控制和处理。

他一边往回走，一边给家里打电话，依然处于无人接听的状态。

走到欧塞楼下的时候，赵哥已经等在了那里，见他过来，什么话也没说，带着人直接上了三十二楼。

刚出电梯，他接到王叔的电话。

"王叔？"他走到办公室门口，"我爸妈呢？是不是出了什么事，我打电话……"

下一秒，他伸手推门的动作顿住，瞬间变了脸色。

他也终于知道为什么秦兆说事出突然，急着找他回来想要第一时间把控舆论。

宋书礼中风住院了。

经济案，挪用资金，涉嫌侵害公司利益。

他向来不过问父亲生意场上的事情，王叔也说得简略。大概就是宋书礼瞒着公司股东私下挪用了巨额资金，除此之外还以公司名义替朋友企业数千万的债务提供了连带担保。事情败露已经被起诉。

宋珵喻想到早上打电话的时候，听到妈妈那边争执和摔东西的声音，以及她再三催促自己跟他一起出国的事情。

他心里一凛，不死心地继续拨妈妈的电话号码，对方依然是冰冷的关机提示音。

他忽然就懂了。

她怕是一早就知道的。

半晌，他收了手机，自嘲地勾了勾嘴角。

办公室里。

秦兆隔着办公桌把一份文件推过来，扶了扶眼镜，看向宋珵喻："现在的情况你大概也都知道了吧。你父亲的事情我表示很遗憾，但是出于朋友和长辈的立场，我更希望你在这个时候能担起责任往前走。"

宋珵喻低头看着面前的文件，始终一言不发，目光像结了冰。

"珵喻……"赵哥得知事情的始末，拍了拍他的肩膀，动了动嘴角，最终还是没说什么。

"我们真的很欣赏你的才华和能力，所以之前说过要签下你的事情还作数。"秦兆看了看赵哥，叹了口气，继续说，"今天这么急着找你过

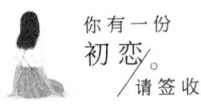

来也是为了这件事。你知道舆论对一个艺人来说有多大的影响,处理舆论的黄金时间也就那几个小时,我们的公关团队有信心处理好各种突发状况,我也能保证你的前途。但是宋珵喻,前提是你是我们欧塞旗下的艺人。这也是我把签约提前的主要原因。"

"嗯。"宋珵喻低低地应了一声,看不出表情。

"好,"秦兆松了一口气,"至于你们这个乐队,我们是这么想的,还是像当初说的那样,我们会把其他几个成员也全部签进来。但是,我跟其他管理层还有几个金牌经纪人讨论之后,还是觉得乐队要拆开,当然,不是说你们不够优秀,只是依据市场和我们的经验,希望能够重新进行个人或者团队包装,这一点我跟你们其他乐队成员也已经沟通过……"

赵哥听完秦兆讲了大致的包装构想,翻了翻合同,把签字笔直接推到了宋珵喻面前。

他们其实也清楚,要完全按照自己的想法保留乐队原貌去签约,几乎是不可能的事情,现在这个结果,对他们来说已经算很好了。

更何况,眼下还出了那么多的事情……

宋珵喻缓缓合上合同,再抬眼眸底像掺了墨,漆黑又阴沉,他开口,声音有点哑:"十五年合约?不能恋爱?涉及私人感情的事情必须要公司知晓并且服从公司的一切安排?"

"对。"秦兆毫不留情地直接把话挑明,"我知道,这份合约在你看来是有点不公平,甚至说可能你觉得有点趁火打劫的感觉,但是我也希望你能理解,毕竟公司都是以盈利为目的的,我们也是出于商业考虑。你得知道,单你个人来说,现在正出于事业上升期,一旦你父亲的事情闹大,你被动卷入舆论之中,会对你有多大的影响?更不说,你父亲的事情后期还有多少债务甚至其他问题。"

"签吧。"

赵哥翻到合同的最后一页,把笔递到他手上。

齐阮一边查资料,一边留意着手机,在图书馆待了一个下午。

宋珵喻的电话打不通,她只好一遍又一遍地刷着微博来关注他的消息。

从铺天盖地的睡粉传闻,到后边蹿上热搜的"C市龙头企业董事涉嫌参与经济案""挪用公款中风"……

她隐约猜到了事情的缘由,只是看着各种评论却束手无策。

她急得团团转,可是那边的电话依然是无人接听的状态。

晚上十点,图书馆要关门了。

齐阮抱着书出来,站在操场上给赵哥打电话过去:"喂,赵哥?"

她试探着问道:"宋珵喻在你身边吗?"

赵哥看了眼守在ICU病房外的宋珵喻,默默地去了楼梯口。

你有一份
初恋。
/请签收

　　他是个急脾气，一时没忍住就把所有事情都跟齐阮说了个明白，电话那边一直急乎乎的小姑娘突然就没了声。

　　"那个……"他还是有点不忍心，稍微柔了声，"小阮啊，珵喻没事，你也别多想。等这阵过去了，事情还会有别的办法的。退一万步来讲，就算十五年又怎么样，珵喻那么喜欢你……"

　　"赵哥。"齐阮打断他的话，扯着嘴角笑了下，声音软绵绵的，"我知道了。"

　　[宋珵喻你知道吗？我从来不怕流言蜚语，却也从来没有哪一天比这晚更害怕流言蜚语。]

——齐阮

> 他就自私卑鄙这么一次,
> 大不了晚十五年再娶她。

Chapter 04

1.

十二月份的时候,关于宋珵喻的热搜已经降下来,所有人的视线被更大爆点的其他新闻所转移,C大里关于齐阮的传言也渐渐散去。

毕竟……一个默默无闻的小姑娘和一个欧塞旗下的力捧红人。

怎么想都不太有可能在一起吧。

所以,也没有人再去打探齐阮的消息,最多是在路过的时候多看她两眼,也就没有然后了。

齐阮也没心思再去在意这些,她已经开始忙着准备英语四级和期末

考试,连看手机的时间都很少。

宋珵喻则每天奔走在医院、公司和学校之间,宋书礼那边的经济案子到了处理的后续阶段,欧塞那边还有各种培训课程……

宋珵喻忙得天昏地暗,空当的间隙就没日没夜地练舞、谱曲、看MV,经常连饭都不吃,短短时间内整个人瘦了一大圈,越发显得清癯冷冽。

同事们经常议论说,欧塞新签的年轻人特别拼。

陈颂看在眼里,他没办法劝任何人,只好自己时不时跑去C大陪齐阮吃吃饭、聊聊天,然后回公司再把她的近况告诉宋珵喻。宋珵喻就默默地听着也不说话,反倒看得陈颂心里难受。

直到圣诞节前一天早上。

陈颂接到宋珵喻新助理的电话,女孩子在那边急得直哭,说是宋珵喻不见了。他安慰了两句,然后又打电话给赵哥他们先替他请了个假。

其实在接到电话的那一瞬间,他脑子里也越过很多不靠谱的想法,但最后都被自己否决掉。

宋珵喻不是那么不负责任的人。

陈颂找遍了各种地方,最后在宋珵喻住的公寓里见到了人。

推门而入的时候,他差点以为自己走错了地方。

迎面而来的是满屋子的烟味。

陈颂踹开被丢得满地的乐谱唱片,才在一片狼藉间看到宋珵喻。

这间公寓里没有装地暖,宋珵喻也没开空调。进了门一片冰冷,宋珵喻感觉不到似的,就穿着松松垮垮的单薄睡衣倚着沙发,靠坐在客厅的地板上,面无表情,眼眶却红得厉害,连带着眼睛里都是满满的红血丝,眼底是一片青灰的死寂,手边落了一地的烟蒂。

陈颂从没有见到过那个清冷的老大狼狈成这个样子。

他喉头滚动,良久,别开头用力抹了把眼角。

"老大……"

陈颂低低喊了一声,对方一点反应都没有。

他胸口闷得厉害,抬头却勉强冲宋珵喻笑了下,然后转身去厨房冰箱里拎了两罐啤酒,踢开杂物在宋珵喻身边坐下。

"老大,"陈颂红着眼睛扯了扯嘴角,把打开的啤酒推到他手边,特意错开那个敏感话题,随便跟他聊起来,"我跟你说,今天早上球球被骂了,老头子说他对曲子的理解不对,哈哈哈,两个人还争了半天……"

"阿凯昨天跟我说,以前总盼着能被伯乐相中,然后和大公司签约,觉得拿出去能吹一年,现在签了反倒觉得不自在,和他想象中的完全不一样,条条框框特别多……"

你有一份
初恋。
/请签收

"这群小浑蛋!"陈颂抿了一口啤酒,笑,"都说还不如回学校去,哈哈。你不知道吧,上周阿凯还偷偷溜回二食堂三楼去吃红烧排骨和麻辣香锅来着,结果跟咱们那个古板系主任撞了个正着,被提溜着一顿痛批。这也就算了,结果临走的时候,主任还别扭扭地拉着阿凯要了个签名,哈哈哈……"

陈颂一边喝酒一边跟他聊些有的没的,可他从头到尾一言不发,甚至连眼皮子都没动一下。

"珵喻!"陈颂笑了下,低了低头,"你去看过齐阮吗?"

他话刚出口,身边的人忽然动了动,也不知道想到什么,宋珵喻起身的动作忽地一僵,俄而又重新坐下来,伸手摸索着打开烟盒。

陈颂继续问:"你打算把她怎么办?"

宋珵喻眼睑闪了闪,半天没出声。过了好一会儿,他抬手从烟盒里抽出一根烟。

"你打算把阮阮怎么办呢?"陈颂又重复了一遍。

宋珵喻咬着烟的动作一顿,冷风从没关严实的窗户间穿过,打火机的火光明明灭灭,他花了好久才把烟点燃。

"左右不过就十五年合约!"陈颂见他有了反应,于是转过头拔高声音,"宋珵喻,你有什么好怕的,自家姑娘还能被这一张破合同给弄没了吗?你是信不过你自己啊还是信不过人家齐阮啊,人家都没说啥呢,你自己先在这儿当尿包了?"

"你知道我最烦你哪一点吗?

"就是啥事都自己一个人揽着,谁也不肯给个解释。宋珵喻,让你开个口真的就这么难吗?

"咱说点难听的,21 世纪了谁还不能谈个恋爱结个婚了?婚姻自由这都是法律上写得明明白白的不是?再不成的话,你不是之前都能偷着弄人家的简历给自己撸进来做助理吗?这次就不能再想办法把她弄你身边来?咱就咬死了说我们俩没恋爱,谁还能把你咋的,24 小时全天监禁你不成?我跟你说……"

他话没说完。

宋珵喻忽然低了低头,抬手用力将刚点燃的烟捻灭在地板上,然后起身往卫生间走去。

平安夜这晚下了很大的雪。

路灯的光线显得有些雾蒙蒙的,冷风吹得树枝哗哗作响,偶尔从远处传来呼呼的风哨声,但这丝毫不影响圣诞前夜的热闹气氛。

齐阮裹了件黑色的大衣,也顾不上风度,直接把那条宽大的杏色围巾在脖子上绕了好几个圈,再戴上口罩和围巾,基本上只露出一双眼睛。

她从宿舍一路走出来,到处都是彩色的喷漆和成串的小灯、包装精

你有一份
初恋。
请签收

致的平安果,还有永远笑眯眯的圣诞老人。最前边的广场上放了一棵巨大的圣诞树,前前后后围了不少情侣在拍照,一片嘻嘻哈哈的热闹景象。

她扯了扯围巾,笑了下,然后找到一处人少又显眼一点的路灯下站着。

已经有半个多月没有见过宋珵喻了,连消息他都很少回复。

其实对于当初约好的一起过平安夜这件事情,她也没有抱多少希望,可是到底……意难平。

齐阮站定,裹了裹外套,将围巾又扯高了一点,低头扯着嘴角勉强对自己笑了下。

宋珵喻站在不远处的阴影里看了她很久,指节绷得泛白。良久才用力克制住情绪,长长地呼出一口气,抬脚走过去。

"阮阮。"宋珵喻笑着喊她。

"嗯?"她似乎有点走神,下意识应了一声,抬头看见迎面走过来的身影,眼睛忽然亮了下,倏而间又暗淡下去。但还是笑着,语气尽可能轻松自然,好像什么事情都没有发生过一样,"我还以为你今晚不来了呢。"

"冷不冷?"他哑着笑了下,抬手拍掉她帽子上的雪花,然后把她的围巾一圈一圈松开又重新绕上去系好。

冷风迎面灌过来,她小小地抖了一下。

他喉咙一哽,好不容易搭建起来的冷静自持几乎要悉数崩溃,他闭了闭眼睛,终于还是克制不住一样,用力抱住她。

他用了很大的力气,像要把以后所有欠她的拥抱都一次性用完一样。

齐阮脑袋贴在他胸口,听得见他胸腔里有力的心跳。这么些天不见,他好像又瘦了很多,衣服上也全是烟味,她用力笑,可眼眶还是泛了红。

也不知道过了多久,两个人默契地同时松开手。

好像什么都没有发生过。

齐阮笑了下,像突然想起来什么一样,从衣兜里摸出了一只苹果塞到他手里,仰着脸笑意盈盈:"宋珵喻,圣诞快乐,希望你年年平安,一生顺遂。"

她语气已经尽可能自然,可还是没能压住声音里细微的哽咽声。

他喉结滚动,心里狠狠地揪了一下,抬眼却还是牵着嘴角,一开口声音里却满是沙哑:"谢谢,你也是。"

"宋珵喻……"齐阮声音抖得厉害,但还是在笑,"你以后不要抽烟了。"

他也笑:"好。"

"也不要喝酒。"

"好。"

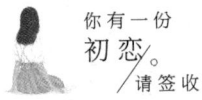

你有一份
初恋。
请签收

"也不要……"喜欢别的女生。

她别过头抹了抹眼角,还是没说出口。

算了。

还是算了吧。

十五年。

你有你的梦想和责任,我帮不了你,只会带给你无数的流言蜚语和麻烦。

所以,算了吧。

"好。"

她没有说出口的那句话,他却忽然抬头笑着看着她的眼睛,重复道:"好,我不会。"

雪越下越大,两个人之间忽然陷入冗长的沉默。

"我们分开吧。"

"我们分开吧。"

再开口,两个人异口同声,然后看着对方,又突然笑开。

"一起去喝杯酒吗?"他补充道,"就这一次,就当告别。"

她笑:"好啊。"

……

凌晨两点的时候，陈颂来 C 大门口接人。

酒吧门口，宋珵喻满身酒气，倚着车门醉得站都站不稳，却还是固执地盯着去往学校的那条路。

陈颂皱着眉头，扫了眼远去的背影，一脸看不懂。

他今天跟宋珵喻说了那么多，看宋珵喻突然去洗手间收拾得人模人样，还以为宋珵喻想通了来学校跟小姑娘解释情况，结果现在……喝成这副鬼样子，还把人又给放走了？

"老大，"他扶着人，"你这怎么回事啊？"

他没说话。

"你不是喜欢她吗？"他不死心地追问。

宋珵喻敛了敛目光，伸手在口袋里摸索了半天，才抽出一根烟咬在嘴里，拿出打火机，又突然想到什么，拿下嘴里的烟狠狠丢掉。

陈颂长长地叹了一口气，心里也难受得紧，一把夺过他手里的酒瓶子："宋珵喻，你到底爱她吗？"

他像忽然惊醒，然后低头笑了一下，声音低沉沙哑又飘忽：

"爱。

"很爱很爱。"

隔了很久。

宋理喻突然直起身,踉跄着步子又往前追了很长一段路,最后站在离她不远的阴影里停住了脚步,一动不动地看着前边路灯下的人影。

她穿得单薄,两只手揣在衣兜里,围巾上打的结又有些松开,大概是实在太冷,她也懒得再伸手去把围巾重新系一遍,只是时不时地跺一跺脚。

雪花落在她身上,很快又融化掉。

她的刘海有些长了,一低头遮住眼睛,嘴唇被冻得有些发紫,越发显得脸色苍白,看上去可怜兮兮的,掺在一堆成双成对的人里,像个小傻子。

他想到很久很久以前的时候。

还是第一次遇见她,那时候才五六岁的样子吧,瘦瘦小小的女孩子举着把比她自己还大的伞,一蹦一跳地踩着路上的水洼,见他淋在雨里,眨巴着眼睛盯了他一会儿,然后举着伞提议送他回家……

再后来,他上了小学的时候,无意中也撞见她背着书包过来报到,一脸迷迷糊糊没睡醒的样子,还替因为迟到被罚站的他开脱……

遗憾的是,往后的几年,他的学生生涯始终跟随着爸爸的工作动荡,几次转学,很少才能跟她有那么一点点交集。

再到后来的时候,他无意中替朋友去广播室送资料,才再次撞上记忆里的小姑娘,她比印象中的高了很多,被一台播不出来歌的电脑气得要死,他试着过去提议由自己来清唱,她很开心地同意了。

那天,他唱了一首网络上很小众的歌曲。

专辑里其实有两首歌,封面写着:

"我喜欢你。"

"我知道。"

可是,她好像没认出自己。

……

再之后,是他组织的小乐队需要重新找一个助理,于是他偷偷做了她的简历,计划着想办法将人拐到自己身边来,结果误打误撞碰上她走错楼来递简历……

他曾经以为,兜兜转转到最后还是注定了两个人要在一起,也曾对未来做过万千种准备和憧憬。只是唯独没想到,在他最顺遂得意的时候,生活会突然毫不留情地迎头甩了他一巴掌。

他过去二十多年里自以为是的骄傲被击得七零八落,变得可怜又可笑。

十五年。

她凭什么不能找一个优秀温暖的男孩子光明正大地陪她吃饭,送她上下班;在她半夜生病的时候第一时间送她去医院;带她逛街,在每一

个节日里给她惊喜,然后替她穿上婚纱……

任何一个男人能给她的光明磊落,他都不能。

在签下那份合约的时候,他也不是没有想过。

大不了再想办法把她弄到自己身边来,大不了恋情不公开,大不了过几年毁约,大不了晚十五年再娶她,反正他的心意总不会变。

他就自私卑鄙这么一次。

可是……

[可是阮阮,看到你一个人孤零零站在大雪里的时候,我忽然就明白了什么叫舍不得。]

——宋珵喻

2.

秦兆说到做到,真的花了很大的心思在捧宋珵喻。

当初散布他那些负面新闻的网友全部被追责。

而在这短短几个月里,宋珵喻先后出专辑、发单曲、频频获奖,从小众歌手一跃成为粉丝数百万的当红小男神,并且走势一路见长,前途可鉴。

公历新年伊始的时候,他接了 C 市的一场音乐节。规模不大,有点公益性质,受众以年轻人居多,而他的出现无疑给整个音乐节又增加了一大波人气。

赵哥美滋滋地拿了一大堆票在朋友圈搞起了开奖活动,陈颂厚着脸皮偷了他好多票拿出去勾搭粉丝,然后被赵哥拎着棍子追了好几天……

齐阮总还能在朋友圈看到他们活跃的动态。

除了……他。

她退出屏幕上冷冷清清的朋友圈主页,犹豫了很久,才点开旁边那个对话框:

"你那儿还有音乐节的票吗?"

"有啊,你要来吗?要多少?我下午给你送过去?"

她垂眼合上书。

宿舍里,许小诗和柴茜准备着期末考试。复习到一半,还是没能抵挡住手机的诱惑,两个人已经瘫在床上打起了游戏。

噼里啪啦的游戏音效声里,她们时不时扯着嗓子鬼叫一声,陆执买了饭等在楼下,许小诗从游戏里分神随口应了两声。

齐阮收拾好书桌,笑了下,转过头问两个游戏少女:"小诗、柴茜,一起去音乐节吗?"

你有一份
初恋。
/请签收

中心广场人来人往。

会场周围更是被围堵得水泄不通。

陆执去帮忙买水,于是齐阮拉着许小诗,两个人在汹涌的人流中挣扎着前进,可惜人流量实在太大,没多久她俩还是被冲散了。

齐阮挤在人群里跟许小诗发消息说一会儿在会场集合。

刚收了手机,她就看到不远处戴着黑色口罩的人正不停冲她挥手:

"小学妹,这儿!"

"快过来啊,走这边!"

陈颂看着她在人群里冲来挤去的,急得恨不得自己替她走路。过了会儿,他实在看不下去,索性把手里的东西塞到旁边人手里,过去拽着她的衣领直接就往工作人员专用通道这边走,还不忘一边走一边唠叨:"不是我说,小学妹啊,你就不能多吃点儿吗?看你这小身板,风一吹就能上天去!"

他话痨本事现行,一路上嘴就没停过。

齐阮实在懒得跟他叨叨,默默地白了她一眼。

"嘿,几天不见胆子肥了不少啊!"陈颂又开始了,"小学妹啊,做人不能没良心不是?我好歹也给你弄了几张门票呢,你就不能跟我多说两句话吗,怎么一个个的都跟老大……"

陈颂突然反应过来,像踩了雷一样,脸上的笑意有一瞬间的僵硬,很快又接下去:"我是说一个个年纪轻轻的都跟个老大人一样……"

齐阮笑了下,像没听到他刚才短暂的停顿一样:"你赶紧去收拾吧,等会儿不是还要上场吗?"

"哎,不急,"陈颂嘿嘿一笑,"为女士服务是我的荣幸,我这不得先把你送到地儿……哎哟,谁啊……"

"我!"赵哥对着他的脑袋又是一巴掌,"你小子最近飘了是不是?又拿我的票到处勾搭人,小心我收拾你……哎,小阮?"

"赵哥。"齐阮乖巧地打招呼。

"嗯,"赵哥表情有一瞬间的不自然,又很快散去,笑着,"小姑娘又变漂亮了啊!"说完,别过头又拍了下陈颂,"你把人送过去赶紧去后台整理整理,别到处晃悠了。"

他没说两句就被人喊走,临走的时候还回头冲着齐阮招呼:"小阮你跟朋友好好玩,结束了来后台拿零食给你哈……"

"好。"齐阮应道,然后跟着陈颂往前边走去。

前场已经开始,音乐声震耳欲聋。

台下各家粉丝纷纷尖叫着,激动的时候整个人都站起来蹦跶,齐阮穿梭在疯狂的人群里,搜寻着许小诗的身影。

她走到一半的时候,舞台上的灯光似乎换了一下,然后周围的人群安静了一秒,忽然又炸开锅一样沸腾起来,整个会场的气氛骤然间燃爆。

熟悉的嗓音通过电流在整个大厅里散播开来,带着点淡淡的沙哑,低沉又动人。

齐阮像毫无征兆地被人在心口重重捶了一下,几乎一瞬间僵在原地。

他站在舞台中央,声音清冷,又染着点漫不经心的懒散。炽白色的灯光从头顶落下,在眼睑处拓下一层淡淡的阴影,他低了低头,看不清神色。

歌曲唱到高潮部分。

所有人跟着应和,气氛热闹。

他忽然抬眼,隔着无数的人群,撞上她的眼睛,温柔又情深。

像从前无数次一样。

可分明,隔着这么远的距离。

她其实也知道,即便她再怎么疯狂嘶吼或者招手,他也根本看不清数十米之外无数粉丝里的她。

这么多天以来,她一直不动声色地强撑着。

在这一刻热烈喧闹的现场,她却忽然委屈得想要放声大哭。

人群涌动。

她别过头看到许小诗的身影。

陆执俯身牵住她的手,低头在她耳边说了句什么,她歪着头笑。

像现场无数的情侣一样,温情又浪漫。

真好啊。

可是她呢,不知道从什么时候开始,她以为已经写好的命运却悄悄偏离了既定的轨迹。

她抬头,梗着脖子抹了把眼角,又倔强地牵着嘴角笑。

旁边的小姑娘看她又哭又笑的样子,有点被吓到,小心翼翼地递了包纸巾给她。

晚上十点,音乐节结束。

齐阮为了不当电灯泡,特意又靠着陈颂给她弄来的工作牌走了特殊通道。

结果半道上被赵哥喊住,说是粉丝们送了很多毛绒玩具啊零食什么的,带又带不走,所以带她去挑些喜欢的带回去。她没想去拿这些东西,但是陈颂也跟着掺和,她推托不过,只好跟去了后台。

再出来的时候,她怀里已经抱了一堆奇奇怪怪的东西,快走到出口的地方时,迎面跟人撞了个正着。

熟悉的温度。

她胸口一滞。

宋珵喻也怔了一下,下意识地抬手,又不动声色地收回:"阮阮……"

他一开口,声音里是自己都没察觉到的轻微颤抖,他笑了下:"你怎么来了?"

齐阮也笑,已经恢复了云淡风轻的口吻:"没事,就想……过来看看你。"

两个人谁也没有说话,气氛突然陷入冗长的沉默。

半晌,齐阮抿了抿嘴角,笑意不变:"宋珵喻,我今天来……"

"阿喻!"

她话没说完,身后有几个人急匆匆地赶过来,扯着宋珵喻就往外走:"先上车吧,那边有粉丝过来了……"

话音刚落,伴随着吵吵闹闹的声响,一大群人往这边拥过来:

"宋珵喻!"

"宋珵喻!"

……

齐阮被撞得往前踉跄了两步,他回头往她这边伸手,很快被身边的工作人员护着往外推开。

她站在粉丝群里被推搡着往前移动,隔着巨大的透明玻璃,他几次回头朝她的方向看过来。

齐阮跟着人群往前追了几步,慢慢收住了步子,在吵吵嚷嚷的人群里抬眼冲他笑了笑,低声道:"宋珵喻,再见。"

他皱了皱眉头,嘴角微动,似乎还想说什么,一转身却被工作人员护着上了车。

最后,隔着上升的车窗玻璃,他终于还是缓缓抬了抬嘴角,远远看着熙熙攘攘的人群冲她挥了挥手。

再见。

阮阮,再见。

[遗憾的是,那句爱你的话,竟从没有过机会说出口。]

——宋珵喻

[可是,我们比谁都清楚,从今往后隔山隔海。这一场别离,从此盖棺定论。]

——齐阮

Chapter 05

欠你的那句告白,我还给你。

2018年。

宋珵喻的首场个人演唱会恰逢他的生日。

无数粉丝从天南海北赶过来,举着硕大的应援牌冲着舞台高喊"宋珵喻我爱你"。演唱会全场爆满,现场气氛嗨到炸裂。

唯独在VIP区视野最好的地方空了一个位置,空空荡荡的,像心脏上方的一个缺口,惨淡又突兀。

齐阮那晚也去了。

她一个人坐在第N排的角落里,笑着看着舞台中央的那个人唱歌、互动、致谢。气氛最热烈的时候,她也像他无数粉丝一样,扯着嗓子疯狂嘶吼,也像他无数粉丝一样,举着应援牌摇摇晃晃。

夜里,她一个人从场馆里出来,街道上一片清冷。

十二月的冷风迎面灌进衣领,吹得人胸口生疼。她紧了紧大衣,抬脚往前。对面街道上那只巨大的钟表慢悠悠地晃动着,指针即将指向十二点。

她低头打开手机,看见那个熟悉的名字几乎霸占了整个热搜榜。

她站在原地,一动不动地盯着那只古老的钟表。

守到零点钟的时候,她按下早已经编辑好的那条微博:

我喜欢你。

[宋珵喻,欠你的那句告白,我还给你了。]

——齐阮

柴茜篇

CHAIQIANPIAN

我想要我们，
会有很多以后。

Chapter 01

顾长的少年背影,一眼入心。

1.

说起认识钟一鸣,其实并没有多少戏剧性。

初见的时候,他是她大一军训的教官,她是他的学生兵。

烈日当头的九月,钟一鸣带着一群同年纪的军校大四学生来C大进行新生训练。他原本就是班长,铁面无私、不通人性,唯独一双眼睛,好看得想让人叫他去买份保险。

"钟美人"的称号也由此而来。

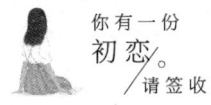

你有一份
初恋。
／请签收

"报告教官,我想上厕所!"

"报告教官,我头疼!"

"报告教官,我大概是……大概是食物中毒了。"

柴茜在军训不到一周的时间内,想出了无数个匪夷所思的借口,以此来逃避训练。

她到底是蜜罐里泡大的孩子,整个柴家最小的女儿,从爷爷辈到哥哥姐姐无一不疼爱,对生活充满安全感。无需无求,活得任性自在,就图一个开心。

就是受不得军训的苦。

穿着宽大的军训服,汗水湿了一层又一层的感觉糟糕透了。

偏偏钟一鸣跟块顽固不化的石头一样,估计词典里都没有"放水"两个字。他的严肃认真,和她的自在无虑,像是天平的两个极端。

因此那么多女生装作路过都只为看他一眼的钟一鸣,在柴茜看来和魔鬼无异。

军训到第五天的时候,下了大雨。

学校通知放假的时候,柴茜高兴疯了。

室友许小诗在上铺涂着指甲,问她:"茜,你收拾东西是要出去吗?"

"对啊,要不要一起?"

她是土生土长的本地人,到了假期大大小小的邀约聚会基本没有停下来过。她一边化着妆,一边对着两个室友发出邀请。

齐阮拿着毛巾从卫生间出来说:"你前两天不是还说被折磨得不轻吗?好不容易休息一天,还有力气出去玩儿啊?"

"相比在钟一鸣手底下受折磨,能出去浪简直是人间美事了好吧。"

许小诗笑:"你对他究竟是有多大意见?"

"意见是没有的。"

她虽然被罚了好几回俯卧撑,每天都会被点名批评,但对钟一鸣还真称不上有什么意见,但女生的第六感告诉她,这个人还是少招惹为妙。毕竟在他手底下,向来无法无天的柴茜女王从来没有讨到过好处。

她太爱热闹,从来不知道寂寞为何物,偏偏撞上了钟一鸣这么个油盐不进的人。

她吃了几天亏,学乖了。

惹不起,咱躲行不行?

柴茜收拾完就出去了,完全没有想到好好的一个老同学聚餐,居然会碰见陆圣安。

她和陆圣安三年同学,在一起不过短短两个月。她平常大大咧咧,

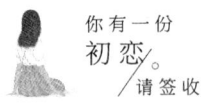

你有一份
初恋。
请签收

就算身边的人一直说陆圣安身边女生多什么的,她也没有放在心上。

直到她无意中看见了他的聊天记录。

暧昧什么的就不说了,人家女生问他有没有女朋友,他说没有。

柴茜是眼里容不下沙子的人,尤其受不得欺骗。对陆圣安说不上有多深的感情,但多多少少还是让柴茜觉得介意,所以后来分手也分得干脆。

他还非要送她回学校。

"好了,既然送到了,你现在可以离开了吧?"那个时候大概是晚上十点,雨早就停了,柴茜冷着脸,一脸漠然地看着眼前的男生。

陆圣安应该属于非常好看的那类型男生,会跳舞、会乐器,高中的时候就已经是万众瞩目的存在。她毫不怀疑陆圣安要是进军娱乐圈,估计会吸引不少女粉丝。

"茜茜,你非得这么对我吗?"他皱着眉问她。

柴茜都要被气笑了:"陆圣安,几天没见,你这玛丽苏的台词究竟是从哪儿学的?我怎么着你了?你勾搭小学妹的时候,我可什么都没说。"

"那就是个误会,你为什么不听我解释呢?"

"不用解释了,你第一天认识我?"

柴茜能明显感觉到自己胸腔的怒火越来越盛,无奈大庭广众之下吵架太掉价,她尽量克制着自己的情绪。

"你就不能讲点道理？我和那个女生什么都没有发生，你莫名其妙地就说分手，然后直接把我拉黑……"

"莫名其妙？"

"不是吗？你身边也有不少男性朋友吧，我说什么了吗？"

"我和你在一起的时候没跟别人说我单身吧？"绕了半天话题绕回原地，柴茜原本是想眼不见为净算了，偏偏陆圣安这几句话彻底激起了她的怒火。

柴茜转身欲走，陆圣安一把抓住了她的胳膊。

她一个冷眼过去："放手，我们之间没什么好说的。"

"柴茜，我们就……"

柴茜就是在这个时候看见钟一鸣的。

脱去了那身军装的钟一鸣穿着一身白T恤，活脱脱的一个帅气学长模样。他的左手上还提着一塑料袋的东西，看样子也是刚外出回来。

他应该是认出了她，走过去两步之后又突然停下来，回头打量她两眼，皱着眉问："柴茜？"他叫了她的名字，然后低头看了看自己腕上的手表，"你们门禁时间都过了半个小时了，和你们辅导员请假没有？"

柴茜心下一跳，有点儿高中时代干坏事被老师逮着时的紧张，一时间忘了作何反应。而陆圣安显然也对眼前这一幕有些摸不着头脑。

他打量了一下钟一鸣，皱着眉说："你是谁？"

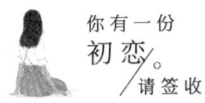

你有一份
初恋。
请签收

钟一鸣看了陆圣安一眼没说话,柴茜反倒是怼了陆圣安一句:"你管那么多干什么?"

陆圣安的脸色一下子就变了,冷笑了一声:"男朋友吧?柴茜,我真没想到你和我分手才几天啊,转头就跟别人好上了。"

柴茜先是愣了一下,然后才觉得尴尬得不行。

"闭嘴!"她咬着牙警告。

兴许是常年训练的缘故,钟一鸣这么个人活脱脱站在旁边,气场高下立现。但是谁能想到昨天才和他顶嘴,然后又罚她站了一个小时军姿的钟一鸣,转头就被人误会成了是她刚分手就勾搭上的男人。

关键是还让他目睹了自己和渣男吵架的现场,她的脸还要不要了?

"是我看错你了。"陆圣安以为她心里有鬼,丢下这句话然后愤愤离开。

柴茜转头对上钟一鸣审视的目光,尴尬地呵呵了两声。

在钟一鸣还未开口之前,她先发制人道:"别教训我,现在可不是训练时间。"

旁边有人"扑哧"一声。

柴茜这才发现自己身后还站了一个人,他也是个教官,叫付英俊,貌似和钟一鸣是一个军校的同班同学,有些壮,笑起来会露出一口大白牙。

他笑:"一鸣还啥都没说呢。"

"还用说啊,我都能猜到他要说什么。"柴茜看了一眼钟一鸣嘀咕道,心想无非就是那些耳提面命的教训,她从小到大已经听得够多了。

她这人吧,生来就有那么点倔脾气,受不得管教。别人要是管得越宽,她的逆反心理就越强,所以前几天没少和钟一鸣对着干。

至于后果,自然是惨败。

钟一鸣教训人的方法别具一格,他不说,只练,到头来绝对让你心服口服。

钟一鸣上下打量了她一番,然后慢悠悠地说:"放个假,你倒是没闲着,之前那么多毛病,又是头疼又是肚子疼的,看来是都好了。"

柴茜叫苦不迭,所谓枪打出头鸟,她开始无比后悔自己前几天为什么非得作死。

投机取巧什么,拿着姨妈巾当鞋垫、训练期间偷懒、讲小话,各种小动作没有断过。事实上,没有一样逃过了钟一鸣的法眼,到了现在想让他不记得柴茜都难。

"呵呵,没好呢,今天就是专门出去开药的。"她试图把这个糟糕的话题圆回来。

钟一鸣似笑非笑:"穿成你这样去开药?"然后又陡然之间拧眉,"还喝酒。"

柴茜后知后觉地低下头。好吧,她承认自己和狐朋狗友去夜店鬼混了,但是她没怎么喝酒吧,就喝了两杯冰啤而已啊。不过,转念一想,辅导员都没管她呢,她为什么要怕钟一鸣知道?

她正欲辩解,抬头的时候发现钟一鸣已经插着裤兜走出了好几米远。她噔噔噔地追上去,凑上前笑着问他:"钟教官,我明天能请天假吗?"

"不能。"

柴茜被噎了一下,说:"你都不问问原因?"

"你今天准备用什么借口,喝醉了起不来?还是告诉我你被前男友伤透了心?"

柴茜:"……"

2.

那是柴茜第一次在训练时间外撞见钟一鸣,那个总是眼神如炬、面无表情罚她站军姿的"钟美人"开始变得生动形象。

柴茜仗着不是训练时间,捏准了他不会拿自己怎么样。

第二天训练休息的间隙。

"教官,你有女朋友吗?"柴茜不顾形象地盘坐在阴凉底下,外套脱下来系在腰间,仰着头笑问旁边站着喝水的钟一鸣。

从她的角度能看见他下巴滴落的汗珠。柴茜心想,他比刚来的时候黑了一点。

钟一鸣瞥她没有说话。

就在他们系旁边训练的教官是付子俊,闻言凑过来眨眨眼笑:"他没有。"

不少学生都听见了,发出一连串此起彼伏意味深长的声音。柴茜挺能理解的,这钟一鸣刚进C大就因为外形实实在在火了一把,不少女生虽然怵他的冷面,但心怀幻想的人倒是不少。

柴茜跟着笑说:"哎,我也刚好没有男朋友啊。"

不远处有女生冲她喊:"柴茜,这么不矜持,您能不能要点儿脸啊。"

她立刻回嘴:"美色当前,矜持才是原罪!"

大家原本就是和她开玩笑,顿时引起一阵哄笑。

反倒是柴茜一直注意着钟一鸣,看到他默默垂眼沉默的样子,突然心痒,心说这家伙私底下还挺不经逗的。他其实没有想象当中那么难以接近,话不多,不擅长接梗,一遇到不想回答的问题会用默不作声来

你有一份
初恋。
请签收

逃避。

不过,令柴茜没有想到的是,钟一鸣居然被"大面积"曝光了。

她还是始作俑者。

起因是他们整个系有一个聊天大群,大家刚开始不是很熟,有天柴茜闲来无聊把休息间隙偷拍的一张钟一鸣的照片发在了群里,引起大片讨论。

那是一张远距离的侧身照,他英姿挺拔,像棵白杨。

后来不知道是谁把照片放到了学校的贴吧和私人微博上,引起外界不少关注。等到学校开始出现不少外校人,贴吧也涌进很多不明人士的时候,柴茜才意识到这件事情闹得有点儿大了。

宿舍里,齐阮小心翼翼地试探道:"像他们这种人,保密性挺高的吧,你们说会不会出事啊。"

"应该不会。"许小诗说,"贴吧的帖子不是已经让人删了吗?"

"那也没什么用吧,昨天还有人向我打听钟一鸣是不是我们学校的教官呢。"

"长得太好也是一种麻烦。"

柴茜听着她俩的讨论始终没有说话,安静得不像平常的她。

她原本还是抱着一点儿侥幸心理的,觉得就算被放到了网上应该影响不大,毕竟历来关于大学军训报道的新闻都不计其数了。直到第二天早上训练的中途,钟一鸣被突然叫走。

柴茜站在第一排的左边第二个,无意中对上了钟一鸣扫过来的眼神,她张了张嘴,最后却什么也没有说出口。

付英俊帮忙带他们系,只是说:"你们钟教官有点儿事请了半天假,由我先带你们。"

还没到中午的时候,柴茜趁着间隙逮住付英俊问他:"钟一鸣被叫走,是不是因为照片曝光的原因?"

付英俊和她还算熟,笑道:"你都敢直接叫他名字,看来是还没有受够教训?"

"问你正经的呢。"

付英俊显然也是丈二和尚摸不着头脑,除了知道钟一鸣是被领导叫走的,其他一概不知。柴茜的不安感越来越盛。

柴茜很担心钟一鸣会因此受到责罚,何况这件事还和她有关。

她中午都没怎么吃饭,一整天都心不在焉的,直到下午训练结束,在操场边缘蹲到回来的钟一鸣。

他旁边还站着总教官,不知道在说些什么。

柴茜想都没想,气喘吁吁地冲到了他面前。

他略微皱着眉，眼睛里带着一点儿意外。

"你没事吧？"她问。

她的语气里带着一丝自己都未曾察觉的急切，还不等钟一鸣开口，转头就对着总教官说："营长，不关我们教官的事情，那张照片是我先发到班级群里才会被人传上网的，你们能不能不处罚他？"

钟一鸣和总教官对视了一眼。

"你学生？"总教官状似玩笑的语气问钟一鸣。

"嗯。"钟一鸣点头。

总教官拍了拍他的肩膀笑着说："还挺有意思的。"

等到总教官走了之后，柴茜和钟一鸣对视了两秒。

钟一鸣开口："你专程等在这儿，就为了这事？"

"对啊，你没什么事吧？我也没想到一张照片会出现这么多的连锁反应，事情很严重吗？我可以去解释的。"她根本不知道处理结果，话说完了，才发现钟一鸣一直看着自己。

她闭了嘴，说不下去了。

钟一鸣终于道："不用这副愧疚的表情，没事。"

"你说真的？"或许是她不相信的神情太过明显，钟一鸣的眼里染上了一丝笑意。

他说："这事没你们想的那么严重，我今天请假是私事，不是你以为的那样。"

他难得肯解释两句,柴茜信了,长舒了一口气。

过了会儿,她皱眉低声说:"早知道就私藏了。"当时偷拍照片的时候她还在想,这要脸有脸,要身材有身材,舔屏都找不到这么好的模板,偏偏要手贱。

"什么?"钟一鸣显然是没有听清。

"没什么。"柴茜连忙摇头。

那已经是下午了,西边的残阳落下最后一点光辉。

钟一鸣看着眼前的女生扎着高高的马尾,因为在太阳底下站了许久的原因,脸颊染上了一丝红晕。她的好心情来得很快,开心的时候眯着眼睛微微下垂。

钟一鸣始终没有说话。

柴茜是他带过的最难带的那类学生,他很清楚她不是什么油兵蛋子,更不可能用加倍的训练让她驯服。她更像是天性使然,热烈执着,向阳而生。

短短的时间就给他惹出了不少麻烦,站在人群中想让人不注意都难。

不过今天她等在这边的事情还是让他有些意外,同时又觉得在她身

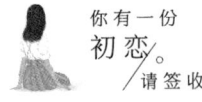

你有一份
初恋。
/请签收

上是理所当然。

果然转眼间,她拍着他的肩膀,哥俩好似的说:"你应该还没有吃饭吧,我知道校外一家店还不错,我请你啊,当作侵犯肖像权的补偿。"

钟一鸣看着肩膀上的"爪子",看得柴茜默默心虚,收回了手。

"那我肖像权还挺不值钱的。"他说。

"哈哈,你也觉得这借口挺烂的哈。"

钟一鸣瞥她一眼,暗自摇头:"你自己去吃吧,我就不劳你操心了。"

他说完之后抽出自己腰间的腰带,在左手上卷了卷,然后从她的身边经过。柴茜想也没想一把拽住了他的袖子,对上钟一鸣看过来的视线顿了顿,小声说:"对不起。"

照片这事儿她真不是故意的。

钟一鸣很明显地怔了一下,另一只手缓缓落在了她的头顶。

"没事。"他笑着这样说。

柴茜愣怔在原地没有动,看着那个人转身,慢悠悠地穿过整个操场。他的背影笼罩在残阳的光辉里,直到消失在自己的视线。

后来的柴茜想起来,自己对他动心,大抵就是在那个时候了。

颀长的少年背影,一眼入心。

3.

晚上宿舍夜话。

谈论到"男朋友"这个话题的时候,齐阮小声问柴茜理想的男朋友是什么样子,柴茜脑海中第一个出现的身影就是钟一鸣。

她那样想,也就那样说了。

许小诗和齐阮都被吓了一大跳。

齐阮还煞有介事地凑上来摸了摸她的额头说:"茜茜,你没发烧吧?"

许小诗也拍着胸口道:"是谁前两天还在说钟一鸣是魔鬼的,这魔鬼是不是给你下了啥迷魂药了,让你这么想不开?"

柴茜老神在在地躺在床上,看着天花板说:"你们不懂。"

或许连她自己都没有注意到,当一个人的口中开始频繁地提及另外一个人,不论是好坏,她对这个人的关注力度已经远远超越了态度本身。

当天晚上查寝,闹哄哄的。

大约九点钟的时候突然停电,宿舍楼传来此起彼伏的吵嚷声。

停电停水停空调,高中毕业填志愿的时候,柴茜之所以选择C大的一个理由就是因为这里的宿舍是有空调和独立卫生间的。

现在停电,闷热的空气里简直让人无法忍受。

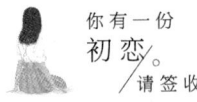

你有一份
初恋。
/请签收

对面的男寝不知道为什么突然传出尖叫声,许小诗在阳台咋呼:"你俩快出来,我的天,对面好像是在表白啊!"

柴茜噌地就从床上跳了下去。

对面有不少人打开了手机的照明功能,拿着些空的矿泉水瓶子敲击栏杆,明显是看热闹不嫌事大。柴茜的眼睛稍微有点儿近视,加上光线不明,隐隐看见楼下站着一男一女,周围还挺俗气地摆了一圈蜡烛。

她看了两眼,蹲在阳台上用手扇着风。

从厕所出来的齐阮脚步一顿,问她:"茜茜,你干吗呢?"

"太热了,要不我们去超市买点冰棍?"柴茜仰头问。

许小诗回过头:"现在不行吧,等会儿还得查寝呢。"

"怕什么,现在停电,楼下表白还搞出那么大动静,领导估计一时半会儿上不来。"

柴茜怂恿着两个人披着外套,趿拉着拖鞋就下了宿舍往学校超市的方向摸了过去。路过宿舍楼底下的时候,正好听见刚刚表白的男女抱在了一起。

三个人:"……"

好在学校的超市有自己的发电机,从进超市扫荡到往回走,几个人用了不到二十分钟的时间。快回到宿舍楼下的时候,身后传来一声——

"站住!干什么的?"

伴随着这道声音,远处的方向突然射过来两道手电筒的光线。柴茜刚刚听见齐阮小声地说了一声"糟糕",等她回过神来的时候,那两个家伙已经一溜烟地跑没影了。

柴茜:"……"

眼看是跑不掉了,她老老实实地站在原地等着远处的人走近。

等人走近了,柴茜发现人还不少。四个,一水儿的教官装束,应该是今晚特地跟着学校领导负责查寝的。

有光线在她脸上晃了一圈,她也看不清对面人的脸,只听见旁边有人用不大的声音问另一个教官:"停电的事,查出是谁没有?"

她霎时愣住,钟一鸣?

她睁大眼睛正待看清是不是他,最前面的教官就说:"看什么看?你哪个系的学生?"

也不知是不是巧合,就在她停顿的这一瞬间,整栋宿舍楼突然亮起。

来电了。

柴茜第一时间就看见了钟一鸣。

他站在最边缘的位置,一半的身形隐在黑暗的阴影里,他正侧着头和旁边的人说话,从柴茜的角度能看见他绷紧的几近完美的下颚线条。

她抬手一指,刚好撞上钟一鸣看过来的眼睛,到嘴的话顿时哽了一

你有一份
初 恋。
请签收

下:"我……我是他学生。"

气氛一时僵住。

钟一鸣明显没料到是她,怔了怔才从旁边站上前。

说到底,除去教官这个身份,这些人也就是些大四的学生,比柴茜他们也大不了两三岁。很快,有人笑着打圆场对钟一鸣说:"一鸣,既然是你的学生就自己解决吧。我们还得上宿舍楼去看看,就先走了哈。"

话音刚落,那三个人就推搡着去了楼上。

等他们一走,柴茜才发现自己莫名地有点儿紧张。

倒不是畏惧钟一鸣,更多的是心虚。毕竟前几天,她在钟一鸣的印象当中估计就是一个鸡飞狗跳又不服管教的女生形象。再来一回,跳进黄河都未必能把自己洗干净。

她低着头也没有看他,默默转身想直接从旁边溜过去。

没走两步,后领就被拉住了。

钟一鸣身高腿长的,看了两眼她的发顶说:"你不是挺能的吗,现在知道跑了?"

他的语气淡淡的,听不出情绪。

柴茜就着被抓着的姿势转身,仰头看着他,对上视线的一瞬间福至心灵,脱口道:"哪儿能啊,我就溜出去买了点儿零食而已。要知道今天是钟教官你查寝,我……我一定化个妆再出门。"

钟一鸣对她这打蛇上棍的习性也算了解得透彻。

错开她露骨的眼神,他抿了抿薄唇说:"别跟我贫。"

柴茜看他明显躲闪的视线笑了,不退反进,凑近了他说:"没贫,我认真的呢,比珍珠还真。"

她还特地眨了两下眼睛,以表示自己的真诚。

其实只有她自己知道,她其实是有试探的成分在里面的,看看他能接受的玩笑尺度在哪儿。

学校虽然没有明令禁止教官与学生恋爱,但在校期间一旦传出点儿什么,事情可能会变得很严重。开玩笑归开玩笑,但以柴茜对钟一鸣这个人不多的了解,他行事历来光明磊落、中规中矩。

她见惯流言蜚语,但也不愿意因为自己,让他沾染上这些乱七八糟的事情。

他永远是纯粹的坚毅的,一如她初见他时的样子。

她想,对待钟一鸣,得慢慢来。

柴茜完全不清楚自己此刻的样子,在对方眼中是个什么模样。

钟一鸣颇感头疼。

军校的生活不比普通大学,他出身军人家庭,从小的教育都带着一

种教条式的刻板。他学会了很多普通人不会的技能,能吃很多人没有吃过的苦,有着大多数人没有过的成长经历。但他独独没有修行过爱情这堂课。

他并非不懂,只是应对无措。

柴茜见着钟一鸣半天没有反应,一脸"我不知道怎么接,但我就是这么严肃"的表情,想笑又给硬生生憋住了。

两人正僵持着的时候,旁边突然传出声响。

柴茜一看,貌似是教务处的主任。

这个主任据说以前也是从部队里退下来的,现在已经年近五十,不知道是不是进入职场太久,很高,但是也变得很胖,嗓子还特别大。

柴茜听见他大声训面前两个低着头的学生说:"你们这些学生一个个胆子是越来越大了,背上的处分以后会跟着你一辈子!今天这事儿……"

柴茜正准备听个前因后果,胳膊却突然被拉了一把。

钟一鸣将她扯到树背后,完美遮住了两个人的身形。

一时间,他们挨得有些近。

钟一鸣看着教导主任的那个方向和她解释说:"今天晚上宿舍停电据说是有学生关了电闸,之前校方一直在找是谁,不想撞枪口上,你就等会儿再上去……"

他说着的时候低头看了看柴茜,却发现她根本就没有听,明显是在走神。

"你在干什么?"他问。

柴茜往他胸前凑了凑,吸吸鼻子问:"你换衣服了?什么牌子的洗衣液?味道很好闻啊。"

钟一鸣:"……"

柴茜发现钟一鸣又开始不说话,还有微微往后倾的动作,她才反应过来两个人的姿势因为她的凑近而显得有些暧昧。

柴茜立马往后退了一步。

她故意清了清喉咙,然后又压低声音问他:"钟一鸣,你这算不算包庇学生?"

钟一鸣按住她往前伸的脑袋,语调不明道:"那你信不信我现在就把你交出去?"

柴茜才不会相信他,他也许会私底下给她惩罚教训,但绝对不会现在把她拎出去。

> 她不是第一次喜欢一个人,
> 可他却如此特别和不同。

Chapter 02

1.

拉电闸的学生就是当天晚上告白的男生,大一的,告白对象是大二的学姐。

人人都起哄说有勇气的时候,男生正笑嘻嘻地站在台上当着所有军训学生念检讨书。

教导主任最后还是心软,只警告,不处分。

已经是上午十点了。

太阳差不多挂到了人的头顶上,温度越来越高。

"热死了,茜茜,你热不热?"排在柴茜前面的女生转过头问她,顺便向她借纸巾。

"忍会儿吧,遇上这种大场面都这样。"

领导讲话又臭又长,翻来覆去就是那些东西。柴茜边说边低头从裤兜里摸纸巾,刚掏出来,发现女生已经转过头去了。

她拍了拍女生的肩膀,结果对方居然没反应。

柴茜后知后觉地发现周围人的动作都莫名僵硬的时候,才缓缓回头看了一眼。

发现钟一鸣就站在她的后面。

她还没有想好说什么的时候,钟一鸣看着她还没有收回来的手皱眉说:"还不收起来?等我替你擦汗?"

周围传出不少憋笑的声音,被钟一鸣扫了一眼之后又全部压了下去。

柴茜默默收回手不说话,她也就在当着钟一鸣面的时候这么乖了。

那已经是差不多快军训十天的时候了,军训时长过去一半,大一也迎来了军训期间最高温的时间,温度直逼40℃。

好不容易结束了大会,午休结束前半个小时,柴茜在宿舍抹着防晒霜,接到了辅导员的电话。

叫她去领物资,辅导员倾情赞助,冰水加冰西瓜。

他们辅导员是个三十一岁的单身男青年,放荡不羁爱自由,整个军训期间除了早晚来晃荡一圈基本就没有管过他们。

柴茜很无语,说:"老大,你是怎么忍心说出让我们这种柔弱的女子顶着大太阳去领物资的,班上的男生都昏过去了啊!"

辅导员也是心大:"之前统计的联系表我找不到了,只有你一个人的电话。我看我们班就你一天没闲着,你应该有他们的联系方式吧,找人来帮忙。"

柴茜:"……"求您把我的号删了吧。

她直接在班级群里喊了一声,结果一个个直接装死,谁也不想这么大热天跑出去干苦力。

柴茜最后逼得没办法,找了几个相熟的电话一个一个去叫人。

最后人还是叫来两个,无奈东西太多。

柴茜翻着微信的时候看见了钟一鸣的名字,说起来这个还得感谢付英俊,那家伙虽然嘴上不靠谱,好歹磨了两天还是套出了钟一鸣的联系方式。

柴茜翻过他的朋友圈,发现他还真是表里如一,不是内容无趣,是他根本就不发。

她想也没想就拍了一张地上的一箱矿泉水的图片发了过去,也没抱着想让他来帮忙的念头,就纯粹是想试试而已,毕竟她曾一度怀疑他究竟用不用微信。

结果没料到他秒回,简洁的三个字:"在哪儿?"

信息跳出来的那一刻,柴茜被吓了一跳,连带着感觉连心跳都加快了。

她连忙说:"不用过来了,我已经在路上了,还有五分钟。"

下午的训练已经快要开始,钟一鸣回消息的时候人应该在操场上。

所以当他从旁边那条路朝柴茜走过来的时候,她整个人都有点儿傻。

他什么也没说,走上前默默提过她手上的东西,然后才问了一句:"就这箱?还有没有?"

柴茜摇头。

钟一鸣便提着东西先她一步走在前面。

柴茜愣了两下才追上去,心怦怦跳。按道理来说,她不是第一次喜欢一个人,也不是没有经历过恋爱,但她清清楚楚地知道,钟一鸣给她的感觉如此特别和不同。

一件小到不能再小的事情和举动,都能带来波澜壮阔般的感受和震撼。

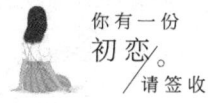
你有一份
初恋。
请签收

218

当时的柴茜还并不知道,有的人就是那样,不经意间走进了你的生活和世界,他看似和你曾经遇见的每一个没有什么不同,却足以让你在后来的无数个日夜不断想起,带来千回百转的余音。

不过柴茜没想到,两块冰西瓜下肚,她成功把自己的肚子给吃坏了。

这次可不是她故意找借口想请假,下午还不到三点,她整张脸已经煞白,额头还直冒冷汗。

最先发现她不对劲的还是钟一鸣。

当时正练着齐步走,她强撑着站在后面,想说忍忍或许就过去了,毕竟她往年夏天在家吃再多的冰饮都没出现过任何问题。

"怎么了?"钟一鸣突然出声的时候,柴茜还没有反应过来。

自从上次和许小诗她们放过话之后,她就再也没有故意给钟一鸣找过麻烦,她希望尽量显得自己还是有救的。她抬头冲他笑了一下说:"报告,我可能要去趟厕所。"

钟一鸣的眉头皱得死紧,显得比以前的很多时候都要严肃。

柴茜想说他不会以为自己又糊弄他呢吧。

结果,钟一鸣直接叫了旁边的一个女生陪着她一起去。

哪里想到她这个拉肚子拉得没完没了,成功把自己给送进了医务室。医生说她肠胃炎,但好在不是特别严重,不过最后还是建议她挂两瓶水。

　　柴茜不得已请假。

　　当天，她后面的训练就没有去参加了，老老实实地躺在医务室里挂着水。

　　下午训练结束的时候，齐阮和许小诗来看她，顺便带了晚饭。

　　齐阮说："你发消息的时候，我还以为你开玩笑呢。"

　　许小诗则拖了个凳子在旁边坐下，笑道："你这都进医务室了，为什么不干脆直接在操场晕倒，说不定还能换个钟一鸣的公主抱。"

　　柴茜翻了个白眼："剧情还能更狗血一点吗？这手段还是留着对付你家陆执吧。"

　　不过柴茜倒是没有料到钟一鸣会来医务室。

　　他进来的时候，许小诗、齐阮她们刚走。她正闭着眼半躺在椅子上，医务室里的空调吹得胳膊凉飕飕的。

　　感觉身边站了人的时候，她还以为是许小诗、齐阮她们去而复返。

　　"你俩不是……你怎么来了？"柴茜惊讶道。

　　"好点儿没有？"钟一鸣问。

　　一个站着一个坐着，这姿势莫名让人觉得压力。柴茜指了指旁边的凳子示意他先坐。

"不用,我站着就行。"

"不是,这样仰着看你我脖子累。"

柴茜在钟一鸣的眼中看见了无奈,然后才拉过凳子在旁边坐下,柴茜扬了扬嘴角。

教官来看学生也算是情理之中了,这小小的医务室里基本都被军训的学生给占满了。

不过钟一鸣名气不小,从他刚踏进这里的时候,柴茜就听见不少关于他的谈论声。

她偏头去看他,发现他倒是一副坦然自若的模样。

校医是个六十多岁的老头儿,他正戴着眼镜给旁边一个女生扎吊针,嘴里一直说:"你们这些娃娃就是太娇生惯养,身体底子太差,这两天温度一高,我这儿都快安不下你们这些晕倒的学生了……"说得停不下来,没完没了的。

柴茜偏偏头,悄声和钟一鸣说了一句:"又开始了,你都不知道我在这儿被念叨了快一个下午了,耳朵都快起茧子了。"

她的语气里含着连自己都没有察觉到的小抱怨,像在外受了委屈跟家长告状的小孩儿。

"我觉得人家说得挺好的。"

钟一鸣随口接了一句,换来柴茜一个斜眼。

钟一鸣无声笑了笑。

结果,钟一鸣待了不到三分钟,付英俊拿着手机急匆匆走了进来,搭在钟一鸣的肩膀上说:"我一猜你就在这儿,打电话给你也不接。"

"什么事?"钟一鸣问。

付英俊根本没回答他,反而转头问柴茜:"你怎么样,好些了没?"

柴茜挑眉开玩笑:"托你的福,好多了。"

他们两个人私底下见着总会贫两句,简直把钟一鸣当成空气。

不过,他正低着头翻付英俊之前发给他的消息,也没空搭理他们两个人。

付英俊夸张地拍了拍胸口说:"好在你没什么大事,你都不知道,你没在的这个下午,你们钟教官那张脸都快把你们班的学生给冷哭了。"

柴茜被逗笑,转头就问钟一鸣:"你是在担心我吗?"

结果,钟一鸣收起手机站起来,招呼付英俊,淡淡地说:"走了。"

"哎!"柴茜连忙伸手拦着他说,"别生气啊,我就开个玩笑。"

钟一鸣脚下一顿,低头的瞬间立马抓住了柴茜的手腕,黑着脸说:"输着液别瞎动。"

柴茜立马老实了,看着手背上倒流的血液一点点回到身体里。

钟一鸣最后松开她的手,解释:"我和付教官还有事情要处理,晚上的训练你也不用参加了,好好休息。"

"哦。"

他们前脚刚走,柴茜悄悄给付英俊发消息。

"你真会挑时候。"

付英俊回得那叫一个快:"我找他是真有事,不然你以为我愿意来呢。"

柴茜从他这儿套钟一鸣的联系方式的时候,他就把她的心思给猜了个七七八八。他始终认为柴茜没戏,不过今天这状况,他有点摸不准了。

看了看身侧并行的好友,他试探道:"一鸣,你们班柴茜还挺有意思的哈。"

钟一鸣看了他一眼。

付英俊心里"咯噔"一声,钟一鸣有双非常好看的眼睛,不然也不会有学生背地里调侃他叫"钟美人"。他看人的时候会非常专注,仿若能洞悉一切。

柴茜还在问他钟一鸣在学校的事。

付英俊顶着后背的凉意回她说:"姑奶奶,你真想知道自己问他,不然我怕自己到时候怎么死的都不知道……"

2.

柴茜完全没有想到钟一鸣所谓的要处理的事情,和他们班有关系。

军训时间过半,学校说要抽调一个班去进行一周的野外生存特训,是大学军训新开展的项目。就是那么不巧,刚好抽到了柴茜他们班。

头一天还挂着水的柴茜,第二天收到通知的时候都蒙了,而且当天就得坐大巴车出发前往郊区的营地。

集合的时候,柴茜来得稍迟。

钟一鸣已经等在了大巴车前,等人到齐的时候他说:"野外生存训练不像你们军训的时候那么轻松,如果身体有问题或者实在坚持不了的,可以打报告退出。但一旦你们上了这辆车,接下来的一切训练都必须服从安排,明白了吗?"

他说的时候,视线在整个群体当中扫视了一圈,在略过柴茜的时候下意识地停顿了两秒。

柴茜直视回去。

心想这话是专门说给她听的吗?她也没那么弱好不好?

钟一鸣带着柴茜他们班到达营地的时候已经是下午五点。这里的条

件远比不上学校,除了训练场就是一排排平房。

远处的天边阴沉沉的,有种说不出的憋闷感。

这一天主要事情就是整理内务,也没有什么训练项目。结果哗哗的大雨,在晚上七点的时候终于是下下来了,空气里都是泥土的腥气。

柴茜还没有好全,有些怏怏的。

同住的女生扒开窗户,转头和其他女生聊天:"这么大的雨,明天估计都不能训练了吧?"

有人接话说:"这不是挺好的吗,还可以睡懒觉。"

柴茜坐在床上发呆,满脑子都在想钟一鸣这个时候在干什么?

她拿出手机给他发消息。

"明天训练还继续吗?"

原本以为他应该不会回复的,隔了没两分钟,他回:"看天气状况。"

柴茜算是摸清楚了,只要不是乱七八糟的问题他基本都会回复。她没话找话地和他闲扯,他偶尔回她一两句。

此时在教官所住的房间,一同来训练的另外一个教官奇怪地问钟一鸣:"你干吗呢?是训练有什么变动吗?"一直频繁地看手机。

"没有。"钟一鸣放下手机摇头。

他看着手机里不断跳出来的信息露出一个颇有些无奈的表情,不明白她怎么会有那么多说不完的话和稀奇古怪的问题。

还好,第二天天气雨转阴。

训练继续。

进行越野训练的时候柴茜没有达标,和另外几个学生被罚长跑,围着训练基地外围的山坡绕场一周。柴茜从小到大的体能都很一般,她可以做到熬夜一整晚第二天依然活蹦乱跳,但是运动神经真的不够发达。

别人都已经跑完了,她还远远地坠在后面。

身后传来"哒哒"的脚步声。

下一瞬,人就到了身侧,上次闻到的熟悉的洗衣液味道萦绕在鼻端。柴茜喘着粗气偏头去看他,钟一鸣目不斜视道:"看路,跟着我跑。"

"跑不动了。"柴茜有气无力地摆手,脚步刚刚停下胳膊就被提了起来。

钟一鸣有绝对的身高和体能优势,提着她还一脸毫无压力的样子。

他说:"跑步的时候不要突然停下,容易出事。"

柴茜便又挪动着脚步跟上,脚后跟像是拖在地上一样。这边是背山坡,地理位置又很偏僻,基本都见不到什么其他人。

过惯了都市的灯红酒绿,学校的热闹喧嚣,乍来到这么个地方还真让人有些不习惯。

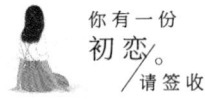

你有一份
初恋。
请签收

柴茜东张西望地说:"学校选了这么个鸟不拉屎的地方,就算是杀人抛尸都不会有人发现的吧?"

她明显是想要转移跑步带来的痛苦。钟一鸣这个陪跑也算敬业,对她糟心的问题就算不回答也不会打断,任由她说,偶尔还能随便嗯两声。

直到"哎哟"一声。

柴茜踩中了一块巴掌大的石块,险些摔到路边的水沟里,还好钟一鸣眼疾手快捞了她一把。

她惊魂未定地拍拍胸口,回魂的时候发现自己和钟一鸣的姿势有点像是半搂着。

她也没有刻意提醒。

钟一鸣的声音在头顶传来,声线粗粝了两分:"怎么跟你说的?眼睛是长头顶上了?"

柴茜不生气反笑,低低地回:"嗯,长头顶上了。"

话音刚落,脑袋就挨了一个栗暴。

接下来钟一鸣再让柴茜跑,柴茜死活都不愿意了。

你说要是有其他学生在,就算碍于钟一鸣的教官威严,柴茜也不可能反抗他,但是现在状况不一样了,这里就他们两个人,柴茜还真没有什么顾忌的。

"我腿软,真跑不动。"柴茜皱着一张脸卖惨。

钟一鸣看了她半晌,也没有非逼着她继续,看了看远处的天色说:"今天就算了,剩下的路程留到明天继续,有意见吗?"

柴茜心里瘪嘴,心想钟一鸣的原则性实在是太强。

但她表面上倒是一副听话的样子,连忙点头说:"没意见,没意见。"

混过一天算一天,柴茜抱着这样的心态心甘情愿地接受了钟一鸣的建议。

他带着她往回走,走了几米才发现身后根本就没有动静,回头才发现她站在原地根本就没动。

"还有问题?"他回头问。

"我歇会儿,脚抬不起来。"柴茜一脸龇牙咧嘴的表情,她这话倒是不假,跑了那么远又骤然停下,她没有一屁股坐到地上已经是最后的倔强了。

钟一鸣妥协一般地轻叹了口气。

他倒回来,在她面前蹲下说:"上来。"

柴茜看着蹲在自己面前的钟一鸣愣了愣,直到他回头看了她一眼,她才弯下腰趴了上去。

他的背很宽,温度隔着薄薄的衣衫传递过来。

柴茜抬手圈住了他的脖子，说："钟一鸣，你这样很容易让女生喜欢上你的知道吗？"

"你是我学生，天都要黑了，你让我把你丢半路上？"

"我才不是你学生。"起码在柴茜的心里，她并不希望和钟一鸣的关系始终处在一个教导者和被教育的关系上。

钟一鸣没有回她，稳稳地托着她往回走。

柴茜有些出神。

此时两人的周围一片寂静，山林的风，天边的云。她甚至在想，如果时间能停留在这个时候，就算让她长时间待在这个地方，她也是愿意的。

3.

训练的时间过得很快，特训到倒数第二天的时候，有人提议晚上举行一场篝火晚会。

一般到了晚上都是比较放松的时间，教官和学生打成一片。

大家都比较兴奋。

大家在训练场的中心燃起火堆，坐成一圈。

柴茜的位置和钟一鸣隔得很近，盘腿坐在地上，柴茜借着火光去看他的时候，他刚好转过头，两人视线相撞，钟一鸣先移开视线。

柴茜瘪嘴,有够别扭的。

当晚气氛很好,游戏一轮接着一轮。柴茜完全是玩儿嗨了,有种类似于酒精上头的兴奋感。刚好她游戏输了,惩罚她现场找一位异性合唱一首。

柴茜想也没想直接指了钟一鸣,瞬间将气氛推向高潮。

"教官来一首!"有男生高喊。

此起彼伏的应和声,柴茜笑看着坐在地上的钟一鸣,迎上他看过来的视线露出一个挑衅的表情,心说,让你刚刚躲我。

说起来柴茜本身也挺期待的,还在学校的时候,晚上拉练,其他班的教官一般都会来点儿才艺表演什么的,就剩钟一鸣,从头到尾没见着他有什么训练外的表现。

柴茜一想到他张嘴可能唱出荒腔走板的音调的场景,莫名觉得很好笑。

钟一鸣终究是敌不过所有人的期待,从地上站起来。

他走到柴茜的身边,随口问她:"唱什么?"

这么淡定?柴茜惊奇地看了他一眼,歪头小声地问他:"你会吗?"

"你点。"他说。

柴茜想了想,举棋不定地问:"要不《理想三旬》?会吗?"

你有一份
初恋。
请签收

钟一鸣点头说好。

柴茜还挺惊讶的,她点这个歌的原因是因为莫名觉得他的声线和这首歌很合适,加上她很喜欢这首歌的歌词,没想到他还真会。

雨后有车驶来

驶过暮色苍白

旧铁皮往南开 恋人已不在

收听浓烟下的

诗歌电台

不动情的咳嗽 至少看起来

……

从钟一鸣开口的那个瞬间,柴茜就彻底闭了嘴。她唱歌一般,不想打扰。其实不只是她,整个现场都静了下来,只有钟一鸣淡淡地,带着点儿沙哑的声音响彻在耳际。

柴茜看着他的侧脸,一时痴了。

当时内心的感受就是这个世界上真的有那么些人是可以把普通人逼上绝路的,他像是一块挖不尽的宝藏,有无数的闪光点等着你去发掘。

直到他落下最后一个音,柴茜才在尖叫和哄闹声中回过神。

柴茜说:"你这把嗓子,当什么兵啊,不当歌手我都替那些唱片公司遗憾了。"

钟一鸣听见了，转头笑问："评价这么高？"

"必须啊。"柴茜说。

当天闹到很晚才收场。晚上，柴茜躺在床上翻来覆去都睡不着。

她开始后悔自己为什么没有在钟一鸣唱歌的时候录音。

辗转反侧到十二点的时候，她干脆爬起来了。

这边不比学校还有特定的门禁时间，要出宿舍也是一件很容易的事情。

外面的场地和房檐下都有照明灯，柴茜披了个衣服坐在石阶上发呆。

"大晚上不睡觉，干吗呢？"

身后突然传出声音的时候，柴茜吓了一大跳。

结果一看居然是让她失眠的罪魁祸首，他就站在她后面，走路没声没息的。

"你怎么出来了？"她问。

钟一鸣往前走了一步，停在她的身侧说："刚刚巡视的徐教官告诉我在这里看见了一个悲春伤秋的孤独背影，怕你遇到什么事情想不开，让我来看看。"

柴茜一脑门黑线，想说这乌龙闹得有点儿大。

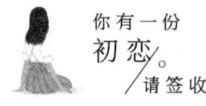

你有一份
初恋。
/请签收

她说:"没有,我就睡不着,出来晃晃。"

"为什么睡不着?"钟一鸣在她身边坐下,一副要谈谈的架势。

柴茜怼他:"现在的教官还附带关爱学生心理健康的项目吗?"她明知钟一鸣是好心,可她就是觉得莫名烦躁。

钟一鸣看她一脸我不想说话的抗拒表情,最终妥协,说:"既然没事,那就早点回去休息,明天最后一天,然后就要回学校了。"

柴茜立马伸手拽住了他欲起身的动作。

钟一鸣坐回原地,以询问的眼神望着她。

柴茜的喉咙哽了一下,她盯着他的脸半晌也没有发声,钟一鸣很耐心地等着她。

直到最后,柴茜心一横说:"钟一鸣,我挺喜欢你的。"

她说了之后又立马补充:"不对,不应该是挺喜欢,也不是那种简单的好感,就是……"

"我知道。"钟一鸣说。

那一瞬间,柴茜怀疑自己幻听了,钟一鸣说什么?他知道?

在柴茜的认知当中,钟一鸣应该属于对这种事情相当迟钝的一个人。仿佛普通人的恋爱和情感离他很远,他总是淡淡的,不动声色的样子。

"你……什么时候知道的?"柴茜觉得这几个字自己问得异常艰难,

毕竟连她自己都说不清楚具体是什么时候不自觉将注视的目光放到他身上的。

视线突然变得昏暗。

钟一鸣将手覆在了她的双眼上,他似乎无法忍受她那样直白看着他的眼神,做出了这个在此情此景略显突兀的动作。

柴茜没有动,听见他叹息说:"柴茜,你不知道吗,你有一双藏不住事的眼睛。"

他又不是石头,怎么可能毫无所觉。

柴茜摸不准他究竟是几个意思,等了半天也不见他有什么反应,她终于伸手将他的手拿了下来,干脆利落地问他:"那你呢?"

你喜欢我吗?

钟一鸣笑了一下,说:"柴茜,我是你的教官,也就相当于我是你的老师。"

柴茜听懂了他的潜台词,不论我喜不喜欢你,我们都是没有结果的。

什么破逻辑!

柴茜根本不是顾虑那么多的人,直接反问了一句:"那又如何?"

钟一鸣自知拿她一向没有什么办法,也就不多作纠缠,站起来拍拍她的肩膀说:"很晚了,早点儿休息。"

柴茜看着他离去的背影无语了半天。

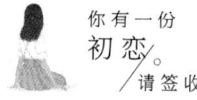
你有一份
初恋。
/请签收

特训周期结束后,柴茜整个人都瘦了一圈。

回程的时候还是坐的来时的那辆大巴车。

柴茜出门较晚,上车的时候位置基本上都已经占满了,她在车厢里扫了一眼,最后一排明明还有两个位置,但她还是对钟一鸣旁边的教官说:"徐教官,我能和您换个位置吗?我有点儿晕车。"

一周的特训下来,这个徐教官对她也算印象深刻,毕竟她好多回训练都不达标,是教官里的重点关注对象。

他立马站起来说:"当然可以。"

"谢谢教官。"柴茜的态度那叫一个端正和有礼貌,在徐教官挪了位置后,立马将包放到了钟一鸣旁边的位置。

钟一鸣原本靠窗,这个时候跟着站起来说:"晕车?坐里面。"

柴茜看了他一眼乖乖挪了进去,心想不愧是在军校长时间训练过的人,什么情况下都能做到面不改色。她原本还以为他躲她都来不及呢。

几分钟后,车开始慢悠悠地开动了。

柴茜其实并不是很晕车,但是因为路不是很平,晃荡得难受。

她也没什么心情在这个时候找钟一鸣说话,干脆闭着眼睛睡觉。

车窗外的阳光并不灼人,但她迷迷糊糊的时候还是感觉眼前一暗,是有人放下了窗帘。

柴茜猜到是钟一鸣,她扬了扬唇,并没有睁开眼。

柴茜没想到自己居然真的在摇摇晃晃的途中睡着了。

直到车子路过一个坑洼的地方才在震荡中忽然惊醒。她有一瞬间不知今夕何夕,然后发现自己靠在了一个人的肩膀上。

她微微抬头,嘴唇无意识地擦过钟一鸣的下巴。

柴茜一下子僵住了所有动作,一动都不敢动。她正在想这钟一鸣会不会把她从窗子口丢下去的时候,才发现他抱着手臂,闭着眼睛像是睡着了。

一层睫毛刷下来,颤都没颤一下。

柴茜长呼了口气的同时,又稍微有点儿不甘。她伸出手指正准备戳戳他的时候,突然发现他的耳朵有点儿发红。

柴茜动作一顿,又开始有点儿想笑。

让你装。

她开始还真以为他完全毫无感觉呢?

> 我现在早就不是教官了,
> 我是柴茜的男朋友。

Chapter 03

1.

特训终于是告了一个段落。

宿舍里,柴茜刚洗了个热水澡出来就被齐阮和许小诗堵在门口。

"说说吧,发展到哪一步了?"许小诗问。

柴茜侧身从旁边过去,说:"什么到哪一步啊?就一周的时间,我又不能把他吃了。"

"你真不着急啊?"齐阮小声问,"钟一鸣的身份可和小诗家陆执不一样。军训很快就要结束了,他一个军校生,离开后你上哪儿找他去?"

柴茜晾衣服的动作一顿,突然不知道该接什么话。

她看了看宿舍楼底下正在打乒乓球的学生微微出神,她想就算钟一鸣答应和她在一起,他们也永远不可能经历同一个大学校园情侣之间的甜蜜小事,比如一起上课,一起吃饭,牵着手逛操场。

想到这里的时候,心里又清楚地感觉到,即便是这样,她那份喜欢依然如初般强烈。

所以,她转身掩饰一般地捏了捏齐阮的脸说:"阮阮啊,有空多关心关心你的大明星,少八卦,有利于身心健康知道吗?"

柴茜一时之间还真的没有想到要怎么解决和钟一鸣目前的处境。

他虽然没有明说,但也委婉地告诉了她不可能。

想到这个,柴茜就有些郁闷。

接下来的几天,学校开始组织练习最后的汇报演出,钟一鸣被调去进行方阵排列演练,柴茜在一天之内很少有机会看见他。

不过偶尔刷刷存在感还是有必要的。

在他面前晃,即便他不接也要买个饮料什么的借口搭两句话之类的。偶尔遇到钟一鸣和付英俊在一起的时候,付英俊还能里应外合帮两句腔。

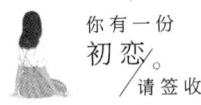

你有一份
初恋。
／请签收

柴茜有天晚上给钟一鸣发消息说:"你别的不行,好歹交了个还算靠谱的哥们儿。"

"最近少和他瞎搅和,好好训练。"他说。

"为什么?你吃醋?"

隔了一会儿,他回:"真有事就手机上和我说,别到处乱转悠。"他明明满口拒绝的意思,柴茜却偏偏从中读出了两分在意和特别。

她口头上应了,转头就给付英俊发消息打听缘由。

她说:"你卖主求荣被他知道了?"

付英俊回得很快:"怎么说话呢,我不就上回喝了你一瓶奶茶?"

"那到底怎么回事?"

付英俊也神神道道地和她说:"他说什么反正你照着做就是了,不会害你的。"

柴茜被吊起了好奇心,偏偏他们谁也不肯告诉他原因。

两天后,柴茜终于知道了。

据说是经管系的一个教官和他们班的女同学睡了,事情曝光,整个学校乃至整个大学校园网都很震惊。这种新闻每年层出不穷,但是屡禁不止。

最严重的是影响不好。

柴茜知道这个消息的时候还和齐阮她们待在一起。

许小诗说:"吓死我了,我最开始听到教官和学生睡了的新闻第一反应居然是你。茜茜,你老实和我们说,你和他……没发什么啥吧?"

柴茜看到了面前两双求知若渴的眼睛,翻了个白眼。

她倒是想发生点儿啥呢,可是人家都没给她机会好吗。

说出来连她自己都不信,别说外出开房了,至今为止,她连他手都没有正儿八经地牵过一回,纯情得像小学生一样。

柴茜匆匆打发两人,约了钟一鸣见面。

那个时候刚好是休息时间,柴茜去了教官所住的那栋楼底下。

她隔了老远就看见穿着便服站在楼外树荫底下的那道身影。那是柴茜第二次见他穿便服,第一回还是那次在校门口的时候。

这天的他换了一件,依然是白T,插着兜,很闲散的样子。

柴茜一时间没有上前,看着那样的钟一鸣,她想如果他也是这个学校的学生,此时她都能脑补出一部青春校园大剧。帅气学长宿舍楼底下等待女朋友,他或许会露出不耐烦的表情,但是等见到女孩子的那一刻,依然会露出宠溺的笑脸。

可是,现实终究是现实。

没有白衣学长,只有严厉教官。

更遑论男朋友这种身份的出现了。

柴茜打断自己毫无根据的臆想，悄悄从后面走上前拍了一下他的肩膀。

他回过头，对她闪躲的小把戏笑了一下。

柴茜惊疑，真难得。

他半天也没问柴茜找自己究竟是什么事情。柴茜对他这沉得住气的性子佩服得五体投地，最后认输，翻出手机里的新闻给他看说："你之前提醒我，就是因为这事吧？"

钟一鸣点头。

柴茜又问："你怎么看待这件事？"

"个人行为，不做评价。"他淡淡地说道。短短的八个字，像极了社会上那些被无端波及的公众人物的公关团队的说辞，柴茜对他真的是服气。

不想谈论这个话题就不谈，敷衍谁呢？

柴茜偏偏不想这么轻易让他混过去，故意往前靠了一步继续问他："那你回答我，之前在特训营拒绝我是不是有这个原因，你觉得教官和学生恋爱影响不好对吧？"

钟一鸣没说话，柴茜当他默认了。

柴茜继续问："那我要是说，我不在乎呢？这个顾虑完全没必要，毕竟军训马上就要结束了不是吗？"

"柴茜。"他正正经经地叫了她的名字。

柴茜终于觉得自己有点儿咄咄逼人的意思，生出那么一两分挫败感来。

钟一鸣无奈摇头，终于解释说："这算是其中一个小原因，我比你大三岁，但我自认为在恋爱的事情上并不比你经验多。你大学刚开始，会有很多经历和机会，忘记一个人也很容易。而且……我很快会进入部队实习。"

他其实是很少解释的人，但终究不忍心看到女生眼里的光慢慢暗淡下去，哪怕只是一点点。

柴茜和他过往遇见的女生都不同。

从一开始他就很清楚，她是注定发光发热的那类人，耀眼夺目。穿梭在声色犬马的场合里依然持有真我，没有终点，亦不会停下。

她会通过很多努力去得到想要的东西和人，积极争取，包括他。

他甚至不否认，如果他也是普通学校的学生，毕业后进入社会，会找一份稳定的工作；如果他的人生能够这样按部就班，他并不会拒绝这场邀约。

他不介意去尝试一回。

可他注定走不了那样平凡的人生。

到部队实习最少都需要一年,而且是全封闭式,结局似乎也得以预见。虽然单方面下了定论对另一个人不是很公平,但他却很清楚,他绝对不会是她最合适的选择。

从一开始就知道会有弯路,不如不要打开入口。

他担心情感的口子一旦撕裂,到了最终,他未必会舍得放手。

柴茜算是看出来了,她说:"你说这么多,无非就是告诉我,你觉得我很容易见异思迁?也不认为我可以忍受异地分离,所以单方面给我判了死刑。钟一鸣,你凭什么?"

柴茜说到最后尾音都有些上扬,她长这么大还真的没有在一个男生身上这么憋屈过。可是,谁让她喜欢人家呢。

虽然她理解得有些极致,也脱离了钟一鸣原本的本意,但是他始终都没有解释。

柴茜被气得够呛,吞了一肚子的气,走之前还不忘瞪他一眼,留下一句:"钟一鸣,算你狠。"

2.

柴茜气得回宿舍猛灌了两大杯凉水,还没有压下心底的火。

齐阮和许小诗看她的样子都有些吓到了。

齐阮小声问她说:"茜茜,你出门的时候还好好的,究竟发生什么了?"

"姐姐我踢到铁板了。"柴茜说。

其实从最开始认识钟一鸣的时候,她在他手底下就吃了不少亏。可她是个不长记性的,转头就忘,到头来还把自己的一颗心给搭了进去。

许小诗劝她说:"茜茜,你何必在一棵树上吊死,我们学校好看的男生还挺多的,要不你再物色物色其他的?"

"也是。"柴茜咕哝。

她嘴上这样说着,像是一种安慰自己的方式,但她其实比谁都清楚,再好看的人也不可能是钟一鸣。

柴茜当晚就打电话叫了一群朋友出去玩儿。

她经常这样,以前不高兴了或者不顺心了,拉上一大帮人出去疯。疯过闹过之后所有抑郁都会一扫而空,她还是原来的柴茜。

当天朋友叫朋友,来的人总共得有十几个吧,一个大包厢闹哄哄的。不过齐阮和许小诗没来,那两个人一个忙着找陆执,一个忙着给偶像端茶递水。

已经很晚了,柴茜当天就没有计划要回宿舍,给齐阮她们发了消息

之后就开喝了。

啤酒兑可乐,各种混合一杯杯下肚。

柴茜酒量不算差,放在以往这个时候她估计早就玩儿疯了,但今天一个劲儿往肚子里灌,仿佛喝的是白开水一样,谁来劝都不顶用。

问她,她也不说。不过好在这群人都是从小一起长大的,知根知底,也不担心自己第二天会在马路牙子上醒来。

她不记得自己喝了多少,脑子终于开始迷糊了。

她掏出手机,居然还能准确找到钟一鸣的电话。

"喂。"手机那边传来钟一鸣不大不小的应答声的时候,柴茜居然有一瞬间的鼻酸。她心想男人果然都不是好东西。

"柴茜?说话。"钟一鸣估计只听见了震耳欲聋的音乐和人群鬼哭狼嚎的声音,加上柴茜半天不吱一声,所以他又说了一句。

"钟一鸣。"柴茜终于叫了他的名字。

她盘腿坐在包厢的地上,半趴在茶几上对着手机说:"钟一鸣,你怎么那么讨厌啊。我柴茜活这么大第一次追人追得这么辛苦,你就不能稍微放软一下姿态,我有那么差劲吗?你无非就是……"

她絮絮叨叨地一直说,根本就不管他听不听得见。

等到一首歌结束,切歌的空当,她才又再次听见了钟一鸣叫她名字的声音,这回他的声音明显染上了愠怒。

他问她:"你在哪儿?"

"你管我在哪儿?"

"柴茜,我再问你一遍,告诉我你在哪儿?"

柴茜听完这句话的时候肩膀下意识地一抖,因为她仿佛回到了烈日当空的午后,钟一鸣冷着一张脸教训她偷偷躲懒的时候。

最近因为越发了解,致使她都快忘记了最初那个冷面阎罗的钟一鸣的形象。

不过余威尚在,而且后遗症很明显。

柴茜本来脑子就不清醒,嗫嗫地把自己的地址给报了。

柴茜再次接到钟一鸣电话的时候,他只说了两个字:"出来。"

柴茜摇晃着站起来,周围的人问她去哪儿,柴茜说要回学校。大家都以为她醉了,纷纷劝:"你也不看看现在几点,宿舍大门早就关了,你现在根本就进不去。"

她却坚持要出去。

最后朋友实在拗不过她,半扶着她从包厢里走了出去。

走到大门口的时候冷风一吹,柴茜又清醒了一两分。她搓了搓胳膊,然后抬头就看见了站在门外边的钟一鸣。

他低着头,门边炫彩的灯光在他脸上打下光影。

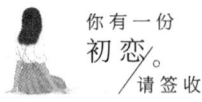

你有一份
初恋。
请签收

他脸色并不好。

朋友看着走过来的钟一鸣小声和她说:"新交的男朋友?怎么没听你说啊?不过就这样看着是真的帅,比那个陆圣安强多了。"

柴茜翘了翘嘴角,心想,那当然。

不过等到朋友一离开,柴茜独自面对钟一鸣的时候,她开始有点儿心慌了。

她完全不敢看他的眼睛,总觉得会被骂。

不过等了半天也没见钟一鸣说什么,柴茜稍稍抬头,掀了眼皮去看他。刚好撞进钟一鸣的双眸里,她心里"咯噔"一声。

他终于开口,问:"有地方住吗?我送你。"

柴茜忐忑不安,主要是因为她实在是摸不准钟一鸣究竟是几个意思。

她如实答说:"没有,原本打算通宵的。"

其实她完全可以找一个朋友家随便蹭住一晚,但是她现在一点儿也不想了。

钟一鸣点点头,然后说:"走吧。"

"去哪儿?"她问。

钟一鸣说:"找地方给你开个房,自己明天一早再回学校。"

钟一鸣说这话的时候柴茜是一点儿也没有想歪,毕竟就他那个人,说他心怀不轨还不如说她柴茜早有预谋来得更让人信服一些。

两人便一前一后走在马路上。

柴茜在后,钟一鸣在前,她一直隔着两米远的距离跟在后面。好在她脑子没有那么不清楚,大晚上路上的车也不多,所以没出什么事。

安全到达五百米外的一家酒店。

钟一鸣在前台用自己的身份证给她开了个单人房,开完之后转头把房卡递给她说:"时间不早了,上去早点睡。"

柴茜却看着他手上的房卡迟迟没有接。

空气里弥漫着一种无声的对抗,柴茜也不知道自己究竟是在坚持个什么劲。可她总有一种感觉,她今天要是一切听他安排,他们之间差不多也就到头了。

没有明天,更别谈以后。

"不要,我头晕,走不动。"柴茜抬头直视他的眼睛说道。

她能清楚地看见钟一鸣的手瞬间捏紧,她甚至怀疑他会不会把手上的房卡给掰断。

不过他一向自制力惊人。

表情依旧,他缓了一下继续说:"行,我送你上去。"

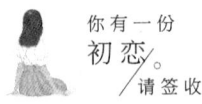

两人并排站在电梯里,看着数字不断往上攀升,谁也没有说话。

不过,房间很快就到了。

"嘀!"开锁的声音。

钟一鸣替她推开房门,侧身让出位置对她说:"到了,进去吧。"

柴茜又不动了,酒的后劲儿上来了,她感觉自己呼吸都变得有些粗重,脑子更是一阵阵发蒙。不过,她还是知道自己在哪儿,知道眼前的人是谁。

她说:"钟一鸣,和我待在一起那么可怕?"

钟一鸣沉默。

柴茜最受不了的其实就是他总是不爱说话,不论是什么,他不愿意开口,她就永远猜不透他在想什么,往往这个时候她就会不安和更急切想要探知。

柴茜伸出手指戳他:"问你话呢?"

这不依不饶的劲儿要是放在平常柴茜肯定不会做,她现在顶多就是仗着自己喝多了,胡搅蛮缠的,让人拿她无可奈何。

柴茜能明显察觉到钟一鸣是生气了,但是一直在克制,连眼尾都微微泛红。他看上去总是强硬到不容拒绝,实则很多回都被她逼得一步步后退。柴茜捏准了关键点,一副今天不问出个所以然来不罢休的架势。

钟一鸣抓住了她戳他的手指,嗓音微哑,说:"你喝多了。"

"我没有!"柴茜反驳。

柴茜说完又突然笑了,她将脑袋磕在钟一鸣的胳膊上,也不管他一瞬间的肌肉绷得有多紧。她软了声音说:"钟一鸣,我一没有逼你卖身献艺,二没有逼你作奸犯科。你就仗着我喜欢你,非端着是吧?"

她说着还不解气,又添了一句:"钟一鸣,你大爷!"

柴茜从小就是在蜜罐里长大的,何时在别人面前这么受气还战战兢兢过?

钟一鸣半响没反应,迎着柴茜的双眼"嗯"了一声。

柴茜头都大了,眯眼:"你嗯什么嗯?"

她逼近他,手重新拽住了他衣服的下摆,仰着头和他说:"钟一鸣,你今天肯来找我,你敢发誓说对我一点儿感觉都没有吗?"

"有。"钟一鸣低着头看着她说。

他的声音比刚刚更低更沉了,柴茜的心在一瞬间提了起来。

"所以,不要让我知道。"钟一鸣说,"柴茜,以后不管你是喝醉酒还是流落街头,好或是不好,所有事情,不要让我知道。你……"

钟一鸣剩下所有的话都在柴茜一个踮脚亲吻的动作下停止了。

柴茜内心毫无波动,只有一个想法——

让他闭嘴!

你有一份
初恋。
／请签收

3.

学校的汇报表演完毕后，军训算是正式结束了。

冗长刻板的流程走完的时候是上午十点，所有教官排列整齐，从主席台的方向朝着操场外围走去。很多女生因为不舍，哭得稀里哗啦的，有的还大声叫着教官的名字。

柴茜显得异常平静。

她所占的位置视角很好，能清晰地看见排在队伍末尾的钟一鸣。

国歌响起，总有一种离别的悲壮感。

柴茜看着队伍离去的方向，之所以默然，是因为她知道这不是结尾。那天晚上的记忆还很清晰，钟一鸣是真的抱着一别不见的心态的，可是所有话被柴茜堵在了嗓子眼。这二十来天的军训经历像是一场戛然而止，未完待续梦。

军训结束后，柴茜再也没有联系上过钟一鸣，连付英俊也联系不上了。

她每天都照常上课下课、吃饭，和以前没什么不同。

但她又知道某些东西悄然改变了，心里总有个位置空空荡荡的，风一吹,带来那么点儿后知后觉的不适感。

许小诗说:"军校首先是军队,其次才是学校,与普通大学是有本质区别的。"

柴茜何尝不清楚。

他们是有很严格的保密条例的,连寒暑假都随时处于待定状态,训练或者出行任务。很多和钟一鸣相关的信息,柴茜都在这段时间查得很清楚。知道得越多,她反而觉得之前的军训时间显得异常珍贵。

同时,她稍微有些理解钟一鸣为什么一直在拒绝她了。

齐阮也小心翼翼试探过她说:"茜茜,你现在对钟一鸣到底是个什么想法啊?"

柴茜很淡定,笑:"能有什么想法,等我能联系上他之后再说。"

中秋假过后紧接着就是国庆。

柴茜计划去找他。

毕竟就眼下这个状态,她是不可能指望着钟一鸣会回头联系她的,她要是不主动一点,那真是一别两宽,遂了钟一鸣的心愿了。

说到这个,柴茜还始终有气,可谁让放不下的人是她呢?

国庆到来的前一天,柴茜接到她妈让她回家吃饭的电话。

柴茜开着扩音在收拾行李,对着她妈说:"尊敬的唐琦女士,你家宝

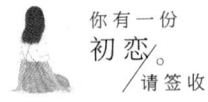

你有一份
初恋。
/请签收

贝儿正式通知你她国庆回不去了,因为她有重要的人生大事需要解决。"

她妈丝毫不给她留面子,道:"好长时间没见你有什么大动静,还以为你失恋了?"

"我不是失恋,这不正追着呢吗?"

家人对她自小的教育都是散养式的,也没那么多条条框框,她妈难得问她对方是干什么的。

柴茜说:"军校大四学生,很帅,放心,污不了您的眼。"

她妈一听是军校的就有些愣,一时间没接话。

柴茜知道是什么原因,她三姨夫就是军人,和她三姨聚少离多,在漫长的婚姻生活里忍受着长期分离和寂寞。

那不是常人可以感同身受的。

以前过年家庭聚会的时候,三姨就老是拿她开玩笑说:"我们茜茜以后谈恋爱可千万别找你三姨夫这样的,有的是你苦头吃。"往往这个时候,她那个向来话不多,一脸老实憨厚的三姨夫就默默在旁边笑。

外人看着他们很辛苦,但他们依然有自己的幸福。

她妈说:"你自己有分寸就行,大老远跑去找人,吃了亏别回来哭啊。"

柴茜无语:"您是我亲妈吗,要哭也找我爸去。"

柴茜和她妈闲扯了十来分钟,她妈说家里的长辈都念叨她,让她抽时间回家看看。柴茜一边保证回来之后立马回家,手上装东西的动作也没停。

刚挂了电话,手机就有新消息弹出。

柴茜瞄了一眼才发现是付英俊。

付英俊还是一如既往,上来就问她:"刚开机弹出的居然全是你的信息,要不要这么丧心病狂啊?不知道的还以为你被绑架了。"

柴茜没好意思说,她发给钟一鸣的信息起码是他的两倍。

而且给他发消息无非就是问他钟一鸣的情况。

柴茜问他:"你们国庆也放假吗?钟一鸣呢?他一直没回我消息。"

付英俊说他自己是有事提前请假了,钟一鸣还在学校呢。

"你现在是联系不上他的,我们学校禁止用手机,也没有网,他那么自律的人怎么可能明知故犯。"

而且他们也不是每天都在学校的。

柴茜说国庆要去他们学校的时候,付英俊都震惊了:"你又见不着他,去了干吗?"

"谁跟你说我见不着?"

七天,她就不信她蹲不着他,实在找不到就让她三姨夫帮帮忙,让人把她带进去。

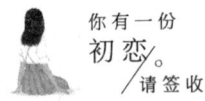

你有一份
初恋。
请签收

柴茜第二天早上七点的车票,准时踏上了路程。

到了钟一鸣他们学校附近的时候已经是下午了,柴茜在门口站了一会儿,惹得门口的两个保安频频看了她好几眼。

最后,她拎着行李去了他们学校旁边的一家酒店。

柴茜放好东西拉开房间的窗帘,才惊喜地发现,这个视角刚好正对着钟一鸣他们学校操场。她能清楚地听见拉练的整齐口号,看见操场飞扬的五星红旗。

那一瞬间,一路的焦灼感被莫名抚平。

她看着学校那个方向在想,不知道钟一鸣是不是也是那些操场训练当中的一员。不过想想又觉得可能性不大,毕竟他已经大四了,上回还说很快就要进部队实习。

酒店的住宿条件还行,就是附近没什么好吃的,她随便点了点儿东西,草草解决了晚饭。

柴茜晃荡着又到了学校门口。

几分钟之后,学校鱼贯似的拥出了大批学生,逃窜一般地快速四散而去。付英俊之前告诉过她,他们学校到了晚上八点会有二十分钟外出活动的机会,她想试试看,能不能遇见钟一鸣。

她到底是没有找她三姨夫,隐隐期待,又有近乡情怯的害怕打扰。

在门口站了十多分钟,直到往返的学生都开始对她投来好奇的目光的时候,柴茜终于妥协般地叹气往回走。就说了,世界上哪儿来那么多的刚好遇见。

第一天就这样淡淡地过去了。

其实不只是第一天,接下来的第二天第三天柴茜都始终没有见到钟一鸣。连她妈都打电话来询问情况的时候,柴茜都不想承认她连人都没见着。

她去了他们学校附近很多的景点和吃饭的地方,想着钟一鸣大学期间应该也曾很多次流连过这些地方。对于没有见到人这一点,她从一开始的期待、失落,到现在的平静。想说大不了最后一天还是想办法进学校里面见一面就好了。

她告诉自己要接受他不是一般学生的这份特殊,并习惯这样的分离。

原本都不抱希望了,可第四天的晚上,柴茜所住的房门突然被敲响。

"谁啊?"她问。

出门在外这点儿警觉性还是有的,好在这地方就在学校边上,安全基本没什么问题。柴茜站在门背后也没有听见回答,悄悄拉开了一条门缝。

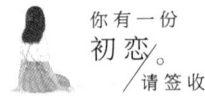
你有一份
初恋。
请签收

狭窄的缝隙里,柴茜从一个人的腰腹看到脸,直到和钟一鸣四目相对。

她瞬间将门拉开,眼里闪过惊讶和欣喜。

"你怎么知道我在这儿?"她第一时间问出自己的疑惑。

钟一鸣挥了挥拿在手上的手机:"英俊和我说你来了,刚好又看见你的信息。"

不过他也没有告诉她,学校最近都在传门口新来了个漂亮的女孩子,每天八点准时等在学校门口。他刚回校,接到消息再联合传言一想也就明白了个大概,问了同学和酒店前台,一路找过来。

他说:"抱歉,之前有任务外出了,今天刚回。"

柴茜这才发现他的眉宇间隐隐有疲惫之色,也明白为什么之前好几天都没在学校门口见到人。不过她也知道他们很多东西需要保密,自然也就没有问他出的什么任务。

其实从见到人的那一刻,柴茜连自己为什么来找人都忘记了。

之前路途的奔波,见不到人的焦躁,从期望到失望的所有情绪都随着钟一鸣的出现而消散。她终于明白喜欢一个人的力量究竟有多强大,能打破你曾经无数原则,包容你当初绝对不会忍受的很多事情。

这都是随着钟一鸣这个人的出现所带来的。

"你要回学校吗?"柴茜问他。

钟一鸣说:"不用,我有三天的假期。"

两个人站在门口,此情此景和上回都有些相似。不同的是,此时的柴茜是清醒的,她仰头问他:"钟一鸣,你知道我为什么来找你吗?"

她也不等他回答,一股脑地说:"我就是不甘心,上回没解决完的事情,我觉得你欠我一个结果。"

柴茜还真怕钟一鸣说我早就拒绝过你了这种话,真要这样她可能会想打死他。

柴茜连自己都没有注意到,她此时的眼神里是带了慌张的。

现在,她才是那个等待审判的人。

钟一鸣微扬嘴角,在柴茜不明所以的目光中推开门走了进去,然后再关上。他的臂弯还搭着一件黑色的外套,右手的拇指捻过柴茜的嘴角。

他说:"现在我的意思表达得够明确了吗?"

"你什么都没说。"柴茜抿了抿唇。

钟一鸣笑:"柴茜,你还是太高估我钟一鸣。我给过你不止一次机会,可你偏偏再一次选择找上门,我怎么可能放过你。"

他说着就俯身,嘴唇擦过她的嘴唇,低声说:"现在明白了?"

柴茜脑子蒙蒙的,明明没喝酒却怀疑自己喝多了出现幻觉,甚至无意识地伸出手去捏钟一鸣的脸,喃喃:"我到底是不是在做梦啊?"

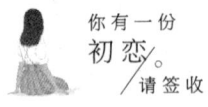

钟一鸣伸手揉了揉她的发顶,失笑。

"傻样儿。"他说。

4.

钟一鸣干脆在她旁边新开了一间房,三天假期就不回学校了。

提着外卖上来的时候,发现女生还坐在床沿发呆。

"吃饭了。"他无奈地走上前提醒。

柴茜终于回过神,她总觉得眼前这一幕很玄幻。毕竟从决定来找他的那天开始,她就做好了要打持久战的准备。当时的想法是,钟一鸣不直接把她撵上回程的火车,已经是很好的状况了。

钟一鸣像是知道她在想什么,把一次性筷子掰开递给她说:"不用觉得惊讶,从知道你在这里的那个时候,我就没打算让你随便离开。"

他没有告诉她,之前很多次,他给自己做了多少心理暗示才说服自己不要回头。

至少在柴茜身上,他远没有她以为的那么能真正做到云淡风轻。

"有没有什么想去的地方?"钟一鸣问她。

"你没来之前我把周围的地方都晃得差不多了,没有什么特别想去的,和你待在一起就很好了。"柴茜说。

她说的是实话,却不可避免地让钟一鸣愧疚了。

钟一鸣说:"这大概是我接下来一年之内最后的假期,下次见面估计要很久之后了。茜茜……刚在一起就……"

他刚蹙起的眉被柴茜伸出的食指给压下去了,她说:"千万别在我这儿觉得愧疚,最初决定要开始的原本就是我,而且这次来我就没抱着能在一起的打算。说起来,钟一鸣,我赚了。"

她眉眼带笑,分明是不想让他觉得抱歉。

钟一鸣不知怎的想到了上回也是在酒店里面,她也是站在他面前,连名带姓地喊他,骂他大爷。那怒气冲冲的样子里又带着委屈,差一点让他心软。

当时的那个女孩子现在就在他眼前,蹲在地上一本正经地想要试图安慰他。

他想自己终究是自私了一回,选择将她绑在身边。

柴茜第一次知道时间原来这么不值钱,她以前昼夜颠倒玩嗨了的时候,分不清黑夜还是白天,觉得时间移动的速度实在太缓慢。

而这三天,一晃而逝。

她觉得和他在一起仿佛什么都没有做,也有很多事还未来得及做,时间就已经溜没了影。

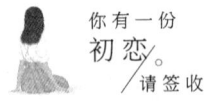

你有一份
初恋。
请签收

他送她上回程的火车。

火车站的广场上人来人往,柴茜抱着钟一鸣的腰,深吸了一口气感叹:"你还是我教官的时候我就在想,你这腰抱起来究竟是个什么感觉,现在总算是实现了。"

脸颊所贴的胸腔传来几声闷笑的震荡感。

柴茜听见他说:"你该上车了,小流氓。"

"没情趣。"柴茜冲他瘪嘴。

即使再不舍,柴茜也知道此刻的自己该放手了。等真到了离别时刻,她才知道自己没办法做到头也不回,她深吸了两口气,冲他挥手:"那我走了,我会给你发消息的。"

即便知道他很多时候根本看不见。

"嗯,路上小心。"钟一鸣说。

柴茜广而告之自己脱离单身的时候,很多人都不相信。

有人在朋友圈评论说:"又换?你之前的那个呢?半年换仨,柴茜你厉害啊。"

柴茜盯着那个陌生的号想了半天才想起来是陆圣安申请的小号,他的大号从两人分手后就被柴茜给拉黑了。

她回他:"你脑子有坑?"

发完之后，她再把这个小号给拉黑，然后随手截图发给钟一鸣。

两人之间的聊天记录还停留在上次她回来的那天晚上。柴茜后来保留了个习惯，把一些生活里鸡毛蒜皮的事情发给他，只要他用手机就可以看见。

某天齐阮突然说："茜茜，我数了一下，你居然有半个月没有出去鬼混了。"

正在阳台洗手的许小诗随口就接："你懂什么，我们茜这是遇见钟一鸣之后，浪子回头。"

柴茜是随她们怎么开玩笑。

她只是对以前的很多娱乐项目提不起兴趣了，有时间的时候，宁愿窝着查查相关资料或者多去去图书馆。

异地恋无疑是辛苦的，尤其是他们这种情况还不只是单纯的异地恋。

完全见不到人，电话不通，信息不回。

用许小诗的调侃的话来说，男朋友仿佛只是个形同虚设的称谓。

但柴茜乐此不疲。

说是一年，就真的是一年。

柴茜完全没有见过钟一鸣，手机联系过两回，不过都比较匆忙。

你有一份
初恋。
请签收

柴茜都大二了的时候仿佛所有人都不觉得柴茜是个有男朋友的人。柴茜专业成绩很好，名列前茅，依然活得热烈且丰盛。

三姨她们回回打电话说要给她介绍男朋友的时候，她就不断强调，自己是有主儿的人。

她三姨说："你回回都这样说，至今为止我连个照片影子都没有见到。"

"他现在工作保密性很高的，照片怎么能随便透露给你呢。"

柴茜说不给，就是真的不给。

转头，她给钟一鸣发消息说："都三百二十八天了，你也已经有将近三个月没回复我的信息了。钟一鸣，你的女朋友在此要郑重地提醒你，你再不出现，她就要被热心的相亲团给生吞活剥了。"

柴茜虽然嘴上这样说，但其实内心并没有这样想。

她对部队的一些机制完全不了解，钟一鸣也很少和她说。她之前问过付英俊，付英俊告诉她说："你男朋友是什么人你不知道，他还在学校的时候就已经是拔尖的那类人。"

至于现在，按付英俊的说法就是，钟一鸣是属于国家重点培养的那类人。但这也意味着承担的东西更多，危险更大。

付英俊说："你知道的，一线虽然危险，但上升得也快，也许要不了几年，你们就不会出现这样长时间联系不上的状态了。"

柴茜一点儿都没有觉得开心,反而觉得心情异常沉重。

她希望他是安全的,并且永远不会涉入险境。

"这么惨?等我五分钟。"

对话框里弹出这句话的时候,柴茜差点手抖。

她完全没料到钟一鸣居然会回消息。

"你实习结束了?什么五分钟?你在哪儿?"她一连问了好几个问题。

钟一鸣说:"快到你宿舍楼底下了,下来吧。"

柴茜险些从椅子上摔下去,她收起手机急急忙忙就开始套衣服。齐阮在一旁看到之后惊奇地问:"茜茜你见鬼了,慌里慌张的干什么呢?"

柴茜扭头:"不是见鬼,是去见男朋友。"

这下轮到齐阮惊讶了,连躺在床上的许小诗都突然诈尸说:"我去,万年不见踪影的男友终于现出真身了?实在是难得。"

柴茜迅速洗了个战斗澡,连头发都只是草草吹干,许小诗在一旁说:"茜茜,一年前军训你什么汗流浃背的形象他没见过,当时都能看上你,他不会在乎你现在是个什么样子的。"

柴茜边化妆边笑:"让你蓬头垢面见陆执你愿意?"

许小诗被堵得没话说。

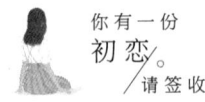

即使柴茜速度再快,提着包跑下楼的时候也已经是二十分钟之后了。

她在楼梯口一眼就看见了钟一鸣。

那个瞬间,柴茜终于能体会那些长时间异地分别的情侣每次见面的心情了,她想也没想,直接跑上前撞进了他怀里。

钟一鸣稳稳地接住她,眉眼带笑。

"好久不见。"他说。

柴茜搂着他腰的手再次收紧,"嗯"了一声说:"对啊,好久不见。"

久到四季轮换,一切都变了模样;久到每一个夜里需要想着你才能入睡;久到从小到大不知道什么叫相思的柴茜都差点思念成疾。

好在彼此都还是记忆当中的样子。

连柴茜自己都觉得惊讶,她曾经无数次设想过两人再次见面是个什么情景?他们或许会有点兴奋也有点拘谨,也许需要短暂的重新适应彼此的时间,也许相顾无言。

但真正见到对方,她突然发现那份熟悉一如当初。

鲜活跳动的心脏在告诉她,喜欢,从未因为他的缺席而有丝毫减退。

钟一鸣告诉柴茜,其实他的实习期已经在几个月前就已经提前结束了,但是紧接着就接到了其他的任务通知,所以耽误到现在。

柴茜大约是能想到各种曲折。

她摸了摸他下巴冒出的青色胡楂没说话。一年的时间，钟一鸣身上唯一明显的变化应该就是整个人给人的气质转变，他黑了一点，瘦了一点。如果说以前的钟一鸣是深沉内敛的，现在的他更像是一把磨砺过的刀，虽然他在她面前有刻意收敛，但柴茜还是感觉到了。

她带着他去逛学校。

柴茜说："校园恋爱什么的我是不指望了，不过这几天你得听我安排。"

钟一鸣笑着说好。

虽然钟一鸣曾经在 C 大度过了二十来天的时间，但柴茜还是拉着他把所有角角落落都走了一遍。她们去吃了食堂，溜了操场，还在图书馆消磨了一个下午。

她想把曾经设想过的所有美好的小事，都带着钟一鸣经历一遍。

不过柴茜还要上课，所以钟一鸣那几天一直住在校外的宾馆。

周二下午的时候，有一节大课。

柴茜给他发了晚点见的消息，就带着课本去了教室。

刚到教学楼底下，她居然看见钟一鸣插着兜站在大门外的石阶上，一开始她还没有发现他，直到旁边路过的两个大一新生突然兴奋地指着那个方向咬耳朵。

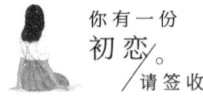

你有一份
初恋。
请签收

"快看快看,那儿有个帅哥!"

"学长吗?哪个系的啊?以前从来没在学校见到过。"

柴茜随意地一瞥,然后目光就定住了。

钟一鸣朝着她笑了笑。

柴茜顶着几个女生好奇的目光走上去,暗地里伸出手指戳了戳他腰腹的位置瘪嘴说:"钟教官,你没事装什么嫩啊,你是专门来我们学校勾搭小姑娘的吧?"

她已经很久不叫他钟教官了,分明是吃醋得厉害。

钟一鸣抓住她的手,然后紧紧握住,笑着说:"我只是来陪女朋友,不得已需要蹭节课。"

柴茜"喊"了一声,但还是无比顺从地反握住他的手。

"柴茜!"就在这个时候,身后传来叫她名字的声音。

柴茜回头看了一眼,发现是同班的男生,他跑上前来说:"昨天我去办公室,辅导员让我跟你说让你准备一下下周活动的材料。"

"知道了。"柴茜说。

大一刚开学的时候,柴茜其实是班长呼声最高的人选,可是她给推了,嫌麻烦。但是这都一年了,辅导员也不知道是不是使唤她使唤惯了,一些杂七杂八的事情就爱甩给她。

她曾经和他抗议说:"我是不是太听话了?"

辅导员冠冕堂皇道:"你还听话?我这是担心你翻天,给你机会锻炼锻炼。"

柴茜:"……"

男生带完话也没有立马离开,接着问她说:"你需不需要帮忙,有事可以叫我。"

"嗯,暂时不用。"柴茜说。

男生被拒绝之后稍显低落,但是也没说什么。突然间低头才发现柴茜和旁边站着的男生是牵着手的。他无意中抬头打量了一下,脸色从疑惑慢慢转为震惊:"钟……钟教官?"

"齐伟。"钟一鸣点头,居然还能准确叫出对方的名字。

男生彻底石化了。

柴茜和钟一鸣在一起的事情除了齐阮和许小诗知道外,学校基本上没有第三个知情人。她虽然一直对外宣称自己是有男朋友的人,但从来没有告诉过别人他就是钟一鸣,所以很多人都以为那只是个拒绝别人的借口,也不怪对方惊讶了。

柴茜突然感觉握着自己手的力度加大。

"怎么了?"她小声询问他。

钟一鸣低头,凑近她的耳边说:"我就是突然嫉妒。"

他并非圣人,对喜欢的人也会在意和格外敏感。有对比和竞争关系

你有一份
初恋。
/请签收

存在的时候,他知道自己究竟有多弱势,连最简单的陪在她身边都成为最大的奢侈。

柴茜对他的反应还挺满意的,笑着撩了撩头发说:"现在知道你女朋友究竟多有魅力了吗?钟教官,危机感这种东西请时时保持。"

钟一鸣捏了捏她的耳尖,笑了:"一直在备战,从未敢懈怠。"

"柴茜和大一时军训的教官在一起了"这个八卦在班上流传得飞快。

钟一鸣跟着她去上课的时候,也是实实在在地刷了一把存在感,他记忆力好得惊人,居然没有叫错任何一个人的名字。

别人叫他"钟教官"的时候,他总是说:"我现在早就不是教官了。"

潜台词,我是柴茜的男朋友。

柴茜甚至有些怀疑,他是不是有宣誓主权的成分在里面,简单来说,就是故意的。

但不管是什么,柴茜都很开心。

> 我在等你,等回首,
> 也等归期。

Chapter 04

1.

钟一鸣每一回的假期都不是很长,短则一两天,长则四五天,还有常常中途突然被一个电话叫走的情况。

不过除了最开始在一起的那一年之后,柴茜很少有连续一两个月联系不上他的状态了。

钟一鸣说他现在是在地方部队,具体干什么柴茜不知道,但她知道他从事的一定是危险性很高的工作。

不多的见面机会,十有八回都带着点儿大小不一的伤。

柴茜从来不问,但是总觉得触目惊心。

大学的生活过得很快,也基本都是千篇一律的,说是有多精彩纷呈实在是称不上。尤其是当生命里出现了钟一鸣这个特殊的存在,已经很少有什么事情能够让她表现出大悲大喜。

她成长了太多。

连一起生活了好几年的齐阮和许小诗都说:"茜茜,你越来越深沉了。"

她不是深沉,她只是成熟了。

她已经不是那个大一刚进校出去和朋友鬼混还被钟一鸣逮着的柴茜了,也不是那个不分昼夜黑白、不知人世复杂的姑娘。

甚至当初所有觉得她和钟一鸣不会长久的人,都不敢相信她真的坚持了四年。坚持到她都要大学毕业了。

她依然那么喜欢他,时间的流逝只是让彼此更加深刻且懂得珍惜。他们在一起的时间原本就不多,更不可能用来吵架和分别。她只是想着,下一次见面的时候,希望对方可以看见更好的自己。

不知不觉,在他没有参与的岁月,她反而长成了他原本的样子。

毕业面临实习的时候,柴茜因为成绩优异收到了不少公司的邀约。

辅导员一脸骄傲:"看吧,这都是我四年努力培养的成果。"

柴茜："……谢谢您啊！"

不过人生所有经历的很多次坎坷和意外往往都是猝不及防的，柴茜接到消息的时候刚好入职一周。她其实没有多少意外，更多的反而是命定的妥协和慌乱感。

还是付英俊联系的她。

付英俊服役后就转了文职，这几年不痛不痒的，还换了两个女朋友。

他打来电话的时候第一句就说："柴茜，我告诉你一个消息，但是你先不要慌。"

柴茜坐在办公室里，陡然间觉得空调的凉风莫名刺骨。

她冷静了半晌："你说。"

付英俊说具体情况他也不知道多少，因为钟一鸣他们很多东西都是要求绝对保密的。但他得到的信息是，钟一鸣所负责的地区发生了一起有计划和预谋的暴动，还伤了不少民众。当地出动部队镇压，结果出事了。

付英俊说："听上面说有人牺牲了，伤亡名单里有钟一鸣的名字，但是现在消息封锁，没人知道他是死是活。"

柴茜陡然间攥紧了手机，心脏像是被一只无形的手捏住了一样，痛得她有点儿无法呼吸。

过了半天,她哑着嗓子说:"我相信他不会有事的。"

柴茜嘴上这样说着,其实心乱如麻。

几年了,她给钟一鸣说过最多的话就是"注意安全"。但是当事情发生的时候,她依然像是当头棒喝,完全不知道自己还能做什么。

柴茜紧急找了自己三姨,想问问她三姨夫那里能不能探听到一点内部消息。

柴茜接到消息的时候正在削苹果,她妈一脸糟心又有些心疼地看着她说:"你这样魂不守舍都两天了,你爸看着你,担心得一天抽了两包烟。别慌,应该很快就有消息了。"

柴茜有些茫然地抬头看了她妈一眼,半天才说:"你和爸别担心,我没事。"

两天后传来消息,钟一鸣在军区医院,还活着。

柴茜听到后"啪"地就将手上的水果刀扔到了茶几上,抓起包说:"我去找他。"

柴茜是带着无比急切的心情赶到医院的,在医院见到钟一鸣的时候一颗心落回到了原地。

单人病房里,钟一鸣正靠在床上休息,脖子上吊着右胳膊,看起来伤得不重。

她推开门的时候,钟一鸣倏然睁开眼睛,看到她时,眼里的惊讶一闪而过,然后才笑着说:"吓到你了?抱歉。"

柴茜顿时就红了眼眶。

"钟一鸣,你王八蛋!"她骂出口的时候又忍不住走上前抱住他。

有眼泪顺着脸颊流进了钟一鸣的领口,烫得他微微蜷缩手指,半天才伸出另一只没受伤的手摸了摸她的头发。

这远不是钟一鸣第一次执行危险任务,却是柴茜第一次深刻感受到死亡离得如此近。

近得她只是想想,都觉得难以承受。

她有时候觉得自己心脏还算强大,曾经的柴茜无欲也无忧,她那么任性洒脱的一个人,因为钟一鸣,甘心进了这爱情的囚笼,从此不愿飞出去。

因为他,她体验过人生最繁盛的风景,领略过最巍峨的河山。

他是彼岸和终点,柴茜无法想象没有了钟一鸣的自己,会不会像是脱了河水的鱼,失去赖以生存的最重要的东西,人生何以为继?

钟一鸣很有耐心地替她擦了擦眼泪。

他安慰她:"你看我现在不是没事吗?"

柴茜却还是想骂人。

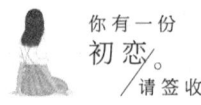

你有一份
初恋。
／请签收

她始终不敢回想等待的那几天自己是怎么熬过来的。她理解他的工作,接受他职业的特殊,但是偶尔有那么一两回,她也想不管不顾。

她说:"要总是这样,你还不如做个小区保安呢,起码我能天天见着你,也不用担心某天突然一个电话打进来,跟我说……"

柴茜后面的话再也说不下去了,她不想要那样的假设。

钟一鸣吻了吻她的发顶:"茜茜,对不起。"

柴茜默默将头埋在了他的脖颈边,她不是在埋怨他,她只是害怕。

从前天不怕地不怕的柴茜终究是知道怕了,她怕失去他。

柴茜说:"钟一鸣,我能成为你回来的理由吗?"

"嗯?"钟一鸣没太听清。

柴茜直起身很认真地看着钟一鸣说:"我想成为你回来的理由。不管你以后做什么,有多危险,我希望我能够成为你无法放下的那个人。不论你走得多远,想想我,努力安全回到我的身边,可以吗?"

那一瞬间,柴茜恍然看见了钟一鸣眼底的红色,他哑声回应她说:"好。"

曾经的钟一鸣或许都无法预料。那个他一心想要推开的女孩儿,会成为他生命中最无法割舍的存在。

并终其一生。

2.

六年后，大学舍友许小诗终于决定和青梅竹马的恋人陆执结婚了。

这一年也是钟一鸣待在一线的最后一年。

婚礼的那天阳光正好。

齐阮眼眶微红地站在柴茜身边，看着穿着婚纱的许小诗说："真开心，希望我们往后的人生都能这么一直灿烂美好。"

柴茜伸手揽住了她的肩膀。

柴茜知道，阮阮和他的男偶像终究是各自安好了，就像故事里不全都是圆满一样。柴茜希望阮阮遇见的下一个人，能成为她最深的期许和最后的美满结局。

婚礼进行曲奏响。柴茜的手机里收到一条消息。

是钟一鸣发的，他说："我回来了。"

"我等你。"柴茜笑着回。

她始终站在这里，等那个从十八岁就进入她生命里的人的消息。

等回首，也等归期。

图书在版编目（ＣＩＰ）数据

你有一份初恋请签收 / 子非鱼, 森木岛屿, 冬三儿著. -- 贵阳：贵州人民出版社, 2019.1
ISBN 978-7-221-15134-6

Ⅰ.①你… Ⅱ.①子… ②森… ③冬… Ⅲ.①短篇小说 - 小说集 - 中国 - 当代 Ⅳ.①I247.7

中国版本图书馆CIP数据核字(2019)第005895号

你有一份初恋请签收
子非鱼 森木岛屿 冬三儿 / 著

出版统筹：	陈继光
选题策划：	大鱼文化
责任编辑：	胡 洋
特约编辑：	娄 薇 雪 人
装帧设计：	刘 艳 西 楼
图片绘制：	annie.z 高梦雪
出版发行：	贵州人民出版社（贵阳市观山湖区会展东路SOHO办公区A座 邮编：550081）
印 刷：	长沙鸿发印务实业有限公司
开 本：	880×1230毫米 1/32
字 数：	166千字
印 张：	9.125
版 次：	2019年4月第1版
印 次：	2019年4月第1次印刷
书 号：	ISBN 978-7-221-15134-6
定 价：	35.80元

贵州人民出版社微信

版权所有 盗版必究。举报电话：策划部0851-86828640
本书如有印装问题，请与印刷厂联系调换。联系电话：0731-82755298